EL PRECIO DE LOS SECRETOS

YVONNE LINDSAY

Editado por HARLEQUIN IBÉRICA, S.A.
Núñez de Balboa, 56
28001 Madrid

© 2013 Dolce Vita Trust
© 2014 Harlequin Ibérica, S.A.
El precio de los secretos, n.º 1973 - 16.4.14
Título original: The High Price of Secrets
Publicada originalmente por Harlequin Enterprises, Ltd.

I.S.B.N.: 978-84-687-4192-5
Depósito legal: M-791-2014
Editor responsable: Luis Pugni
Fotomecánica: M.T. Color & Diseño, S.L. Las Rozas (Madrid)
Impresión en Black print CPI (Barcelona)
Fecha impresion para Argentina: 13.10.14
Distribuidor exclusivo para España: LOGISTA
Distribuidor para México: CODIPLYRSA
Distribuidores para Argentina: interior, BERTRAN, S.A.C. Vélez
Sársfield, 1950. Cap. Fed./ Buenos Aires y Gran Buenos Aires,
VACCARO SÁNCHEZ y Cía, S.A.

Capítulo Uno

–¿Cómo que dejas tu puesto? ¡Solo faltan cuatro semanas y media para Navidad y estamos más ocupados que nunca con clientes y eventos! Mira, vamos a hablarlo… si no estás contenta, podemos llegar a un acuerdo. Puedes llevar otro departamento.

Tamsyn exhaló un suspiro. Llevar otro departamento… no, eso no resolvería nada. No podía culpar a su hermano Ethan por querer ayudarla, ya que lo había hecho toda la vida, pero su situación no tenía arreglo, por eso tenía que marcharse.

Además, llevaba algún tiempo pensando en tomarse unas vacaciones. Trabajar en Los Masters, que además de ser la casa familiar era un lujoso hotel viñedo a las afueras de Adelaida, en el sur de Australia, no le había satisfecho en mucho tiempo. Se sentía inquieta, como si aquel ya no fuera su sitio. El trabajo, la casa, su familia, incluso su compromiso la incomodaba.

Y la debacle de la noche anterior había sido la gota que colmaba el vaso.

–Ethan, no quiero hablar de eso ahora. Estoy en Nueva Zelanda.

–¿En Nueva Zelanda? Pensé que estabas en

Adelaida, con Trent –la incredulidad de su hermano era evidente.

Tamsyn contó hasta diez antes de responder:

–He roto mi compromiso con Trent.

–¿Qué? –exclamo Ethan.

–Es una larga historia –Tamsyn tragó saliva, intentando controlar la angustia.

–No pasa nada, tengo tiempo.

–No, ahora no. No puedo… –la voz se le rompió y una lágrima le rodó por la mejilla.

–No sé qué te ha hecho, pero me lo cargo –dijo Ethan, tan protector como siempre.

–No, por favor. No merece la pena.

Su hermano suspiró, frustrado.

–¿Cuándo volverás?

–No lo sé.

No le parecía buen momento para decirle que solo había comprado un billete de ida.

–Bueno, al menos habías entrenado a tu ayudante para que llevase la oficina. ¿Zac está al tanto de todo?

Tamsyn negó con la cabeza.

–¿Tam?

–Lo he despedido.

–¿Que lo has despedido? –su hermano se quedó callado un momento, seguramente sumando dos y dos y llegando a la lógica conclusión–. ¿Zac y Trent?

–Sí –respondió ella, con voz estrangulada.

–Voy a buscarte ahora mismo. Dime dónde estás.

–No, por favor. Se me pasará. Ahora solo necesito… –Tamsyn intentó llevar oxígeno a los pulmones. No encontraba palabras para explicar lo que necesitaba–. Solo necesito estar sola durante un tiempo. Siento mucho marcharme así, pero todo está en mi ordenador. Ya conoces la contraseña, pero si no encontrases algo, llámame.

–Muy bien, de acuerdo. Nosotros nos encargaremos de todo.

La convicción de su hermano la animó un poco.

–Gracias, Ethan.

–De nada. Pero ¿quién va a cuidar de ti?

–Yo cuidaré de mí misma –respondió ella, con firmeza.

–Creo que deberías volver a casa.

–Yo sé lo que debo hacer y esto es importante para mí, ahora más que nunca –insistió Tamsyn–. Voy a buscarla, Ethan.

Su hermano se quedó en silencio un momento.

–¿Estás segura de que es el mejor momento para buscar a nuestra madre?

Habían pasado varios meses desde que supieron la verdad, pero descubrir que su madre, a la que creían muerta, estaba viva, era algo en lo que Tamsyn no podía dejar de pensar, día y noche.

Descubrir, tras la muerte de su padre, que les había mentido durante todos esos años había sido una terrible sorpresa. Saber que su madre había decidido alejarse de ellos y no volver a ponerse en contacto… bueno, eso le despertaba preguntas para las que Tamsyn quería respuestas.

–No se me ocurre mejor momento.

–Ahora mismo estás dolida, vulnerable. No quiero que vuelvas a llevarte otra decepción. Vuelve a casa, Tam. Deja que contrate a un investigador para que sepamos con qué vamos a encontrarnos.

–Quiero hacerlo yo misma, tengo que hacerlo. Además, no estoy lejos de la dirección que nos dio el abogado –dijo Tamsyn, mirando la pantalla del GPS.

–¿Vas a aparecer allí de improviso, sin avisarla?

–¿Por qué no?

–Tam, sé sensata. No puedes aparecer en su casa diciendo que eres su hija perdida.

–Pero yo no estoy perdida. Fue ella la que se marchó y no volvió nunca más.

No podía esconder su dolor. Un dolor cargado de resentimiento y rabia ante tantas preguntas sin respuesta. Apenas había podido pegar ojo desde que supo que su madre vivía...

Saber que la mujer con la que había fantaseado durante toda su vida, una madre que la quería y que jamás la hubiera dejado por voluntad propia, no existía en realidad le rompía el corazón. Necesitaba encontrarla para seguir adelante con su vida porque lo que había creído hasta aquel momento estaba basado en mentiras. La traición de Trent había sido el golpe final.

–Hazme un favor: busca un hotel y duerme un rato antes de hacer algo que puedas lamentar después –la voz de Ethan interrumpió sus pensamientos–. Hablaremos por la mañana.

—No, no me llames. Yo te llamaré dentro de unos días —replicó Tamsyn.

Cortó la comunicación antes de que Ethan pudiese decir una palabra más y escuchó la voz del GPS anunciando que debía tomar un desvío a quinientos metros. Por irracional y extraño que fuese para ella, la mujer que normalmente lo tenía todo planeado al milímetro necesitaba hacer lo que estaba haciendo.

Tamsyn atravesó la verja, flanqueada por un imponente muro de piedra, intentando calmarse. Pronto estaría cara a cara con su madre por primera vez desde que tenía tres años…

A la izquierda y a la derecha del camino había filas de viñedos que se perdían en el horizonte. Y, mirándolos con ojos de experta, Tamsyn pensó que ese año iban a tener una buena cosecha.

Subió por una pendiente y tomó una curva cerrada hasta que por fin vio la casa frente a ella: un edificio de piedra de dos plantas que dominaba la cima de la colina.

Tamsyn apretó los labios. De modo que no había sido un problema económico por lo que su madre no había vuelto a ponerse en contacto con ellos. ¿Era así como Ellen Masters usaba el dinero que su marido le había enviado en los últimos veintitantos años?

Ahora o nunca, pensó, saliendo del coche.

Respirando profundamente, llegó hasta la puerta y levantó el pesado llamador de hierro, dejándolo caer con un sólido golpe. Pero unos segundos después, al escuchar pasos al otro lado, sintió que se le encogía el estómago.

Finn Gallagher abrió la puerta y estuvo a punto de dar un paso atrás al ver a la mujer que estaba al otro lado. Era la hija de Ellen.

De modo que la princesita australiana había decidido visitarla. Pues llegaba demasiado tarde.

Las fotografías que había visto de ella no le hacían justicia, aunque tenía la impresión de que no estaba viéndola en su mejor momento. El largo pelo castaño le caía en cascada por los hombros, un poco despeinado, y las ojeras oscurecían una piel de porcelana. Sus almendrados ojos castaños le recordaban a los de Ellen, la mujer que había sido una segunda madre para él.

Su ropa estaba arrugada, pero era cara, y los ojos de Finn fueron directamente al escote de la blusa, que dejaba entrever el tentador nacimiento de sus pechos. La falda le llegaba por encima de la rodilla, ni demasiado larga ni demasiado corta; al contrario, de lo más tentadora.

Todo en ella hablaba de los lujos y privilegios que disfrutaba y le resultaba difícil no sentir amargura sabiendo lo que había trabajado su madre para tener una vida decente. Evidentemente, la familia Masters cuidaba de los suyos, pero no de los que huían de ellos. Los que no se conformaban.

Miró su rostro de nuevo y notó que sus generosos labios temblaban ligeramente.

–Quería saber si… Ellen Masters vive aquí –dijo ella por fin.

Hablaba en voz baja, como si le costase trabajo, y los últimos rayos del sol dejaban claro un rastro de lágrimas en su cara. Finn sintió una natural curiosidad, pero la mató con su habitual determinación.

–¿Y usted es? –le preguntó, sabiendo muy bien cuál sería la respuesta.

–Ah, disculpe, no me he presentado. Soy Tamsyn Masters y estoy buscando a mi madre, Ellen –respondió ella, ofreciéndole la mano.

Cuando se la estrechó, Finn notó de inmediato la fragilidad de sus huesos y tuvo que luchar contra el instinto de protegerla. Algo le ocurría a Tamsyn Masters, pero no era problema suyo.

Alejarla de Ellen sí lo era.

–Aquí no vive ninguna Ellen Masters –respondió Finn, soltándole la mano como si le quemara–. ¿Su madre sabe que está buscándola?

Tamsyn hizo una mueca.

–No, en realidad quería darle una sorpresa.

¿Darle una sorpresa? Desde luego que sí. Sin pensar si su madre querría o podría verla. Qué típico de esa clase de personas, pensó, furioso. Niños mimados, ricos, para quienes todo iba siempre como ellos querían y que, por mucho que les dieras, siempre esperaban más. Conocía bien a ese tipo de personas, demasiado bien desgraciadamente. Gente como Briana, su ex: preciosa, amable, privilegiada en todos los aspectos, pero a la fría luz del día tan avariciosa y miserable como Fagin, el personaje de *Oliver Twist*.

–¿Seguro que le han dado la dirección correcta? –le preguntó, intentando contener la rabia.

–Pues… yo pensé… –Tamsyn sacó un papel del bolso–. Es esta dirección, ¿no?

–Es mi dirección, pero aquí no vive ninguna Ellen Masters. Siento mucho que haya venido para nada.

Tamsyn tuvo que apoyarse en la pared, su rostro una máscara de tristeza. Tanto que Finn deseó hablarle del camino medio oculto entre los árboles, el que llevaba a la casita de Ellen y Lorenzo, en la que habían vivido los últimos veinticinco años.

Pero no pensaba contarle nada de eso.

¿Qué capricho la había llevado a buscar a su madre de repente? Y, sobre todo, ¿por qué no había ido a buscarla antes, cuando aún podría haber hecho feliz a Ellen?

–En fin… siento mucho haberle molestado. Parece que me han informado mal.

Tamsyn se puso unas elegantes gafas de sol, tal vez para esconder su torturada mirada, y al hacerlo Finn le vio una marca blanca en el dedo, como si se hubiera quitado un anillo recientemente. ¿Habría roto el compromiso sobre el que había leído un año antes? ¿Sería esa la razón de su repentina aparición?

Fuera lo que fuera, no era asunto suyo.

–No pasa nada –respondió, observándola mientras volvía a subir al coche. Cuando desapareció por el camino, sacó el móvil del bolsillo y marcó un número, pero saltó el buzón de voz–. «Lorenzo, llámame. Hay una pequeña complicación en casa».

Luego, se volvió a guardar el móvil en el bolsillo y cerró la puerta.

Sin embargo, tenía la sensación de que no había cerrado la puerta a Tamsyn Masters.

Tamsyn suspiró, tan decepcionada que las lágrimas contra las que había estado luchando mientras hablaba con el extraño empezaron a rodarle por las mejillas.

¿Por qué había pensado que sería tan sencillo? Debería haberle hecho caso a Ethan, pensó. Había ido a la dirección a la que el abogado de su padre había estado enviando cheques durante todos esos años y, sin embargo, su madre no estaba allí.

La decepción tenía un sabor amargo; algo que había descubierto no solo una sino dos veces en las últimas veinticuatro horas. Eso demostraba que, para ella, hacer algo de manera espontánea era un error. Ella no era impulsiva. Durante toda su vida había sopesado los pros y los contras antes de tomar una decisión, y en aquel momento entendía por qué: era lo más seguro. Tampoco se disfrutaba tanto de la vida, del riesgo, pero ¿merecía la pena el dolor que sentías cuando todo salía mal? No, para ella no.

Tamsyn pensó en el hombre que había abierto la

puerta. Era tan alto que había tenido que echar hacia atrás la cabeza para mirarlo a los ojos. Tenía presencia. Era la clase de hombre que hacía que las mujeres girasen la cabeza. Frente alta, cejas rectas sobre unos ojos de color gris claro y una barba incipiente que ensombrecía una mandíbula cuadrada. Pero su sonrisa, una sonrisa amable, no tenía calidez.

Había visto algo en su mirada, como si… no, era su imaginación. Él no podía saber nada porque no lo había visto en toda su vida. Si lo hubiera visto antes, lo recordaría.

El sol empezaba a esconderse en el horizonte y ella estaba agotada. Tenía que encontrar alojamiento si no quería quedarse dormida al volante.

Tamsyn detuvo el coche a un lado de la carretera y consultó el GPS para buscar un hotel. Afortunadamente, había uno a quince minutos de allí y marcó el número desde su móvil para reservar habitación. Después, siguió las instrucciones de la pantalla para llegar a su destino, un pintoresco edificio de principios del siglo anterior.

Con los rayos dorados del sol acariciando el tejado, tenía un aspecto cálido e invitador, justo lo que necesitaba.

Finn paseaba por su despacho, incapaz de concentrarse en los planos abiertos sobre su escritorio. Unos planos que irían la papelera si no podía encontrar el camino de acceso a la parcela que necesitaba para aquel proyecto.

Se sentía tan frustrado que el sonido del teléfono fue una bienvenida distracción.

–¿Sí?

–Finn, ¿ocurre algo?

–Ah, Lorenzo, me alegro de que hayas llamado –Finn se dejó caer sobre el sillón, intentando ordenar un poco sus pensamientos; pensamientos que habían estado desordenados desde la visita de Tamsyn Masters.

–¿Qué ocurre? ¿Es algo malo? –le preguntó Lorenzo quien, a pesar de los años que llevaba en Australia y Nueva Zelanda, seguía teniendo acento italiano.

–Lo primero, ¿cómo está Ellen?

El hombre suspiró.

–No muy bien. Hoy tiene un mal día.

Cuando Ellen sufrió un fallo hepático, unido a la demencia senil, Lorenzo y ella se habían mudado a Wellington para que recibiese tratamiento.

–Lo siento.

–Le he pedido a Alexis que vuelva de Italia en cuanto pueda.

Alexis, la única hija de Lorenzo y Ellen, llevaba un año trabajando en el extranjero y en aquel momento estaba con la familia de Lorenzo en Toscana.

–¿Tan mal está Ellen?

–Ya no tiene fuerzas y me reconoce solo cuando tiene un buen día, aunque son pocos. Pero dime, ¿qué ocurre?

Finn decidió ir directo al grano:

–Tamsyn Masters ha venido a ver a Ellen.

Al otro lado hubo unos segundos de silencio.

–De modo que ha ocurrido por fin.

–Le he dicho que aquí no vivía ninguna Ellen Masters.

–Pero supongo que no le habrás dicho que existe una Ellen Fabrini.

–No, claro que no.

En realidad, no había mentido. Aunque Lorenzo y Ellen nunca habían formalizado su relación, ella era conocida por todos como la esposa de Lorenzo, Ellen Fabrini.

–¿Dices que se ha marchado?

–Y con un poco de suerte habrá vuelto a Australia.

–¿Y si no se va?

Finn apretó los labios.

–¿Por qué dices eso?

–Tú sabes que no siento el menor aprecio por esa familia después de lo que le hicieron a mi Ellen. He perdido la cuenta de las veces que la he visto llorar mientras escribía cartas a sus hijos… y ellos nunca respondieron a esas cartas, nunca intentaron ponerse en contacto con ella. Sin embargo, por mucho que yo los odie, sé cuánto los quiere Ellen y si su mente se aclarase un poco tal vez la visita de su hija sería beneficiosa para ella.

–¿Quieres que se vean? –exclamó Finn, incrédulo.

–No quiero que le digas dónde está Ellen o cómo está, pero si ocurriese lo peor… –la voz de Lorenzo se rompió.

–Lo entiendo –dijo Finn.

Lorenzo había sido un segundo padre para él cuando el suyo murió y su madre sufrió una crisis mental que la llevó al hospital. Entonces tenía doce años y los Fabrini, socios en la finca, lo habían acogido en su hogar como si fuera su propio hijo. La pareja había sido un ancla en su turbulenta adolescencia. Su apoyo y su cariño le habían dado estabilidad, de modo que estaba en deuda con ellos.

–Yo me encargaré de todo, no te preocupes –le aseguró, antes de cortar la comunicación.

Para empezar, tenía que descubrir el paradero de Tamsyn Masters. A juzgar por lo cansada que parecía, no creía que hubiera ido muy lejos.

Tardó apenas unos minutos en averiguarlo y no le sorprendió que hubiera ido a uno de los hoteles más caros de la zona. Ya sabía dónde estaba, pero no qué iba a hacer al respecto.

Finn se echó hacia atrás en el sillón, meciéndose adelante y atrás mientras miraba por la ventana.

El cielo se había oscurecido, reduciendo su mundo a los acres que lo rodeaban… sus acres, sus tierras, su hogar. Un hogar que no tendría de no haber sido por la determinación de Lorenzo y Ellen.

¿Qué podía hacer? Si para ayudarlos tenía que entablar amistad con una mujer que les había causado tanto dolor…

Había oído muchas cosas sobre los hijos de Ellen, a los que tuvo que dejar atrás cuando su matrimonio se rompió. Él sabía el dolor que le había causado separarse de ellos y cómo había buscado consuelo en el alcohol, que la había llevado por fin a la demencia, y en esos años se había preguntado muchas veces por qué no intentaban ponerse en contacto con una madre que los quería con todo su corazón.

En cuanto se hizo adulto investigó un poco y descubrió las privilegiadas vidas que habían vivido Ethan y Tamsyn Masters en el viñedo familiar. Se lo habían puesto todo en bandeja de plata. No habían tenido que trabajar después del colegio, ni pedir becas, ni contar el dinero…

No le importaba admitir que sentía un gran resentimiento hacia ellos, que lo habían tenido todo tan fácil mientras que Ellen se había visto obligada a vivir con tan poco, segura solo del amor del hombre que había estado a su lado desde entonces.

Un hombre que la había apoyado mientras luchaba contra el alcoholismo y que no se apartó de su lado cuando por fin la enfermedad se apoderó de ella. La salud de Ellen era tan precaria en aquel momento que no sabía si reconocería a Tamsyn o si reconocerla sería aún peor.

Después de todo, su propia madre había muerto cuando por fin le dejaron visitarla en el hospital. ¿Verle habría sido un recordatorio de todo lo que había perdido?

Finn sacudió la cabeza, intentando apartar de sí tales pensamientos.

Debía pensar en Tamsyn Masters y en su plan

de hacer que se quedase por allí sin contarle la verdad sobre Ellen.

Sabía que tenía veintiocho años, cinco menos que él, y lo último que había leído era que estaba comprometida con un conocido abogado de Adelaida. No llevaba anillo de compromiso aquel día, pero eso podría significar cualquier cosa. Tal vez lo había llevado a la joyería para que lo limpiasen o ajustasen. O se lo había quitado para lavarse las manos y había olvidado volver a ponérselo.

Entonces se le ocurrió otra idea, una que despertó su interés.

Quizá había roto con su prometido y le apetecía flirtear un poco con un extraño… y tal vez de ese modo la animaría a quedarse unos días en el distrito de Marlborough.

Si era tan frívola como solían serlo las chicas de su ambiente sería una diversión sin compromisos y una oportunidad de vigilarla para que no descubriese nada sobre Ellen.

No sería fácil, pero estaba seguro de que podría hacerlo. Y así descubriría todo lo que pudiese sobre la señorita Masters.

Capítulo Dos

Tamsyn escuchó voces en el vestíbulo mientras se dirigía al restaurante del hotel. Aún estaba un poco cansada, pero la cena de la noche anterior, el baño caliente y la cómoda cama le habían ayudado a recuperar un poco el equilibrio.

La noche anterior estuvo a punto de reservar un vuelo para Auckland, pero se había despertado con un nuevo propósito y estaba más decidida que nunca a aprovechar el tiempo.

Su madre tenía que estar en algún sitio. Que Ethan y ella supieran, el abogado seguía enviando los cheques allí y ninguno de ellos había sido devuelto al remitente. Una simple llamada a Ethan confirmaría la dirección.

Lo primero, después de desayunar, era ir a Blenheim para comprar algo de ropa. Había salido de Adelaida con tanta prisa que solo tenía lo que llevaba puesto. Estaba deseando librarse del conjunto de ropa interior, elegido cuidadosamente para excitar a su exprometido. Lo había lavado y secado en la habitación, pero estaba deseando tirarlo a la basura porque le recordaba lo ingenua que había sido y cómo la gente en la que más confiaba la había engañado.

Se le encogió el corazón al recordar la sorpresa que había querido darle a Trent dos noches antes. Había planeado una cena romántica que culminaría quitándose lentamente ese conjunto de ropa interior, pero la sorpresa había sido para ella al descubrir a Trent en la cama con otra persona… su ayudante personal, Zac.

Se había sentido tan tonta. ¿Qué clase de mujer no sabía que su prometido era homosexual? Peor, que solo quería casarse con ella para cubrir las apariencias y seguir escalando puestos en el conservador bufete en el que trabajaba.

Tamsyn sabía que si volvía a casa encontraría consuelo en su familia, pero no podía hacerlo. Todos habían mentido. Su padre, sus tíos, todos sabían que su madre estaba viva y se lo habían escondido. Incluso Ethan le había ocultado la verdad tras la muerte de su padre.

De repente, harta de secretos y mentiras, se había dirigido al aeropuerto, decidida a no volver hasta que tuviese alguna respuesta. Pero, por el momento, no había conseguido ninguna. Tragó saliva para contener la emoción.

–Buenos días, señorita Masters –escuchó la voz de la gerente del hotel, Penny–. ¿Ha dormido bien?

–Llámame Tamsyn, por favor. Sí, he dormido muy bien, gracias.

El hombre que estaba con Penny se levantó para saludarla y Tamsyn enarcó una ceja. Era el propietario de la casa en la que, supuestamente, vivía su madre. Y la última persona a la que había esperado ver allí.

—Me temo que ayer no me presenté. Soy Finn Gallagher, encantado de volver a verla.

Tamsyn le estrechó la mano, pero al hacerlo sintió un escalofrío y la apartó en cuanto fue posible.

—¿Encantado, señor Gallagher? Ayer daba la impresión de estar deseando que me despidiera.

—Me pilló en un mal momento —dijo él, con un brillo burlón en los ojos grises—. He venido para disculparme.

¿Cómo la había localizado?, se preguntó Tamsyn. ¿Y por qué? ¿Solo para disculparse?

—¿Ah, sí?

—Aquí nos conocemos todos y cuando se marchó me quedé un poco preocupado —le explicó él, con una sonrisa de disculpa.

—¿Preocupado por qué?

—Porque parecía cansada y los turistas tienen la mala costumbre de perderse por aquí. Así que llamé a un par de hoteles y, por fin, la localicé.

Eso no explicaba qué hacía allí en ese momento. Como si hubiera leído sus pensamientos, Finn Gallagher siguió:

—Sé que no me mostré muy simpático, así que he decidido ofrecerme a enseñarle Marlborough. ¿Piensa quedarse unos días?

Había hecho la pregunta con sutil énfasis, casi como si esperase una respuesta afirmativa.

—Pues sí, pensaba quedarme unos días —respondió Tamsyn–. Pero no tiene por qué hacer de cicerone, no se preocupe.

–Al menos, deje que la invite a comer o cenar para compensar mi antipatía de ayer.

Tal vez estaba siendo exageradamente suspicaz, pensó Tamsyn. Desde luego, parecía sincero.

¿Qué había de malo en pasar unas horas en su compañía? Finn Gallagher era un hombre muy atractivo y quería pasar un rato con ella. Al contrario que su exprometido.

La voz de Penny interrumpió sus pensamientos.

–Finn es un conocido filántropo de la zona. En serio, no podría estar en mejores manos.

–Pues…

Tamsyn miró esas manos, de dedos largos y cuadrados, y de repente las imaginó sobre su cuerpo… nerviosa, tuvo que apartar la mirada.

–No quiero molestar –consiguió decir, sintiendo que le ardían las mejillas–. Además, había pensado ir de compras porque no he venido preparada para el viaje.

–¿Por qué no va de compras esta mañana? Yo vendré a buscarla a la hora del almuerzo, a las dos si le parece bien. Le enseñaré la zona y la traeré de vuelta por la noche.

Hacía que todo pareciese tan razonable que Tamsyn no podía negarse. Además, Penny había dado su aprobación y confiaba en que no lo habría hecho de no estar absolutamente segura de que era fiable ir con él.

–Muy bien, de acuerdo. Iré con usted, señor Gallagher.

–Finn, por favor.

–Muy bien, Finn –asintió ella.

–Estupendo. Te dejo para que puedas desayunar. Gracias por el café, Penny.

–De nada. Te acompaño a la puerta –Penny se volvió hacia ella–. Si le apetece algo que no haya en el bufé, solo tiene que pedirlo y se lo harán en la cocina.

Finn le hizo un guiño antes de darse la vuelta y Tamsyn sintió un escalofrío de anticipación. ¿Por qué había aceptado?, se preguntó. Ella no estaba allí para ver el paisaje.

Suspirando, miró alrededor mientras se servía un plato de huevos revueltos y una taza de café. Todo allí era moderno y cómodo y, sin embargo, con el encanto del viejo mundo. En realidad, era muy parecido a su casa, en Los Masters.

Sentía cierta añoranza de su hogar, pero aún no podía volver. No lo haría hasta que hubiese obtenido respuestas. Después de lo que había pasado se sentía más perdida que nunca... Necesitaba aquel viaje, aquella búsqueda, para encontrarse de nuevo a sí misma.

Tamsyn hizo un esfuerzo para llevarse el tenedor a la boca y el sabor de la tortilla de champiñones le hizo sonreír.

–Espero que le guste el desayuno –escuchó la voz de Penny a su espalda–. ¿Quiere algo más?

–No, todo está muy bien. Gracias. Tutéame.

–No sabía que os conocierais Finn y tú.

–Me habían dado una dirección equivocada. Él no era la persona a la que estoy buscando.

–Bueno, pues si alguien puede ayudarte a encontrar a una persona de por aquí, ese es Finn Gallagher –dijo Penny–. ¿A quién buscas, Tamsyn?

–¿Has oído hablar de Ellen Masters?

Las tazas que Penny había tomado de la mesa de al lado, temblaron sobre sus platos.

–¿Ellen Masters? –repitió, esbozando una sonrisa que a Tamsyn no le pareció sincera del todo–. No, nunca he oído ese nombre. Bueno, te dejo con tu desayuno.

Tamsyn la observó entrando en la cocina. Su actitud le parecía un poco extraña... Alguien tenía que saber algo sobre su madre y cuanto antes lo encontrase, mejor. Una persona no podía desaparecer sin dejar rastro. ¿O sí?

Después de ir de compras a Blenheim, donde encontró casi todo lo que necesitaba, Tamsyn volvió al hotel. Convencida de que no tendría ningún problema gracias al GPS, se quedó sorprendida cuando tomó un giro equivocado y acabó en el centro del pueblo.

La calle principal estaba llena de cafés, boutiques y tiendas de arte... y se preguntó por qué Penny no le había aconsejado que fuese de compras allí. Después de aparcar, echó un vistazo a un par de escaparates antes de entrar en una boutique.

–¿Está buscando algo especial? –le preguntó la encargada, una mujer mayor, con una sonrisa en los labios.

–No buscaba nada en especial, pero me encanta esto –respondió Tamsyn, señalando un vestido sin mangas con estampado azul cobalto y algún toque malva.

–Le quedaría muy bien. El probador está a su izquierda.

–No sé si… –a punto de rechazarlo, Tamsyn vaciló. ¿Por qué no iba a comprar ese vestido tan bonito? En Blenheim solo había comprado vaqueros y camisetas–. Muy bien, me lo probaré.

Unos minutos después se miraba al espejo, satisfecha. El vestido era perfecto, como si lo hubieran hecho especialmente para ella. Si tuviera los zapatos adecuados podría ponérselo para ir a comer con Finn. Aunque no tenía intención de coquetear con él ni nada parecido, una chica necesitaba una armadura, y ese vestido lo era.

–¿Qué tal le queda? –le preguntó la mujer desde el otro lado de la cortina.

–Fantástico, pero no tengo zapatos.

–Tal vez yo tenga algo por aquí. ¿El treinta y siete?

–Sí.

–Vuelvo enseguida.

Tamsyn se miró al espejo mientras esperaba. Le encantaba la seda azul que acariciaba su cuerpo. La hacía sentir femenina, deseable.

¿Era para eso para lo que necesitaba una armadura? ¿La traición de Trent había hecho que se cuestionara su feminidad, su atractivo?

Pensar en su exprometido la puso furiosa. ¿Por qué había aceptado casarse con un hombre que nunca la había hecho sentir irresistible?

Cada vez estaba más segura de que aquel viaje era justo lo que necesitaba. Tenía que alejarse de la percepción y las expectativas de los demás para descubrir quién era en realidad. Aunque esperaba que su madre fuera parte de eso, parte de su nueva vida.

–¡Aquí están los zapatos! –la encargada abrió la cortina y lanzó una exclamación–. ¡Está guapísima! El vestido le queda perfecto. Tome, pruébeselo con esto.

Llevaba en la mano un par de sandalias azules con unos tacones altísimos. Pero eran perfectas, debía reconocerlo.

–Son muy bonitas.

–Venga a mirarse al espejo de fuera. Es más grande y podrá verse desde todos los ángulos –dijo la mujer, haciéndole un guiño.

Tamsyn fue con ella y tuvo que reconocer que el conjunto era perfecto.

–¿Le importa que me los lleve puestos?

–No, claro que no. Al contrario, es usted un anuncio fabuloso para la diseñadora del vestido, Alexis Fabrini.

–¿Tiene más prendas suyas en la tienda?

La mujer sonrió, abriendo los brazos para señalar la tienda entera.

–Elija lo que quiera. Espere, deje que guarde su ropa en una bolsa y le quite la etiqueta al vestido.

Mientras pagaba las compras, Tamsyn sonrió para sí misma. Se sentía como una mujer por primera vez en muchos días y estaba deseando comer con el enigmático Finn Gallagher. Más de lo que hubiera pensado.

–¿Está de paso? –le preguntó la mujer.

Tamsyn la miró, pensando que debía tener la misma edad que su madre. De hecho, había tanta gente de su edad en la calle, en las tiendas… Alguien tenía que conocerla.

–Pienso quedarme unos días. Estoy buscando a mi madre, Ellen Masters. ¿La conoce?

–Ellen Masters… no, no me suena ese nombre, pero yo soy nueva por aquí y aún no conozco a todo el mundo.

–En fin, no importa –Tamsyn intentó sonreír, a pesar de la decepción. La encontraría tarde o temprano, se dijo a sí misma.

Salió de la tienda sintiéndose un poco más positiva y al ver el cartel de una inmobiliaria se le ocurrió una idea: si alquilaba una casa allí, podría usarla como base para sus pesquisas. Miró los carteles en el escaparate y uno en concreto le llamó la atención. Era una casa en la misma carretera que la de Finn Gallagher, y relativamente cerca.

Se alquilaba por semanas y estaba amueblada. Lo único que debía hacer era dar de comer al gato y las gallinas de la propiedad. Podía hacerlo, pensó, empujando la puerta de la inmobiliaria. Veinte minutos después, salía con el contrato de alquiler en una mano y la llave en la otra.

Un Porsche Cayenne, modelo Turbo S, estaba aparcado frente al hotel. Sin duda sería de Finn, pensó mientras miraba el reloj. Llegaba un poco tarde, pero daba igual. A partir de ese momento tenía una casa en la que alojarse y tal vez la siguiente persona a la que preguntase sabría algo de su madre.

Finn observaba a Tamsyn por la ventana. Incluso desde allí podía ver que parecía contenta. Caminaba con energía, con vigor, y eso la hacía aún más guapa.

Tanto que tuvo que hacer un esfuerzo para contener una oleada de deseo. Si quería controlar aquella situación tendría que empezar por controlarse a sí mismo. La atracción física solo serviría para complicar aún más las cosas, y la llamada de la inmobiliaria que alquilaba la casa de Lorenzo y Elle diciendo que una princesita australiana estaba interesada en alquilarla temporalmente era ya de por sí una gran complicación.

Por tentador que hubiera sido decir que no cuando el agente inmobiliario le preguntó si seguía disponible, Lorenzo quería que Tamsyn siguiera por allí durante un tiempo y sería más fácil vigilarla si vivía cerca.

Y de ese modo no tendría que dar de comer a la gata negra de Ellen, Lucy, diminutivo de Lucifer.

Un nombre más que apropiado para un felino que intentaba arañarlo todas las mañanas…

Además, él sabía que los efectos personales de Lorenzo y Ellen estaban guardados bajo llave en la antigua habitación de Alexis. Los había guardado él mismo cuando se marcharon a Wellington. ¿Qué daño podía hacer tener a Tamsyn tan cerca?

–Parece que ha ido de compras –comentó, al ver que sacaba varias bolsas del maletero del coche.

–Y no solo en Blenheim. Esa bolsa rosa es de una tienda del centro –dijo Penny.

–¿No le aconsejaste que fuera a Blenheim?

–Sí, pero no esperarás que controle todos sus movimientos, ¿no?

–Una pena –murmuró él, apartándose de la ventana para que Tamsyn no lo viera espiándola.

–Por lo visto, está ayudando a la economía local. El vestido que lleva es un diseño de Alexis y los dos sabemos que sus vestidos son caros.

Finn exhaló un suspiro. ¿Quién hubiera imaginado que Tamsyn Masters saldría del hotel para volver con un vestido diseñado por su hermanastra? Una hermanastra de la que no sabía nada, por supuesto.

Finn salió de la oficina y estuvo a punto de chocar con ella.

Olía muy bien y su perfume hizo que sintiera el loco deseo de acercarse y respirar ese aroma más de cerca.

–Ah, hola. Siento llegar tarde –dijo Tamsyn, sin

saber lo que estaba pasando bajo su cinturón–. Solo tardaré un momento. Voy a dejar esto en mi habitación y soy toda tuya.

¿Toda suya? Finn lo dudaba. Pero podría ser interesante, pensó mientras la veía alejarse por el pasillo.

La criatura agotada que había aparecido en su puerta el día anterior había desaparecido. En su lugar, había una mujer preciosa y segura de sí misma, con unas piernas fabulosas sobre unos tacones que desafiaban la ley de la gravedad.

Finn sacudió la cabeza para salir de ese estupor porque empezaba a sentir la tentación de ir tras ella. Una tentación que empezaba a ser irresistible.

Tamsyn volvió unos minutos después con una tímida sonrisa en los labios.

–¿Estás lista? –le preguntó.

–Desde luego. ¿Adónde vamos?

–A un viñedo que está a quince minutos de aquí. Tiene un restaurante muy popular, se come muy bien.

–Espero que sea verdad, estoy muerta de hambre.

Mientras iban hacia allí, Finn iba contándole cosas sobre la zona.

–La verdad es que este sitio me recuerda a mi casa –comentó Tamsyn cuando llegaron a la finca–. Nosotros también tenemos un viñedo y será divertido ver cómo hacen las cosas aquí. Casi podría creer que estoy trabajando si no fuera por…

–¿Por? –preguntó Finn cuando no terminó la frase.

–Porque he decidido olvidarme del negocio durante un tiempo.

–¿Ah, sí? ¿Cansada de hacer siempre lo mismo?

Si era la princesita mimada que siempre había imaginado, seguramente no querría esforzarse.

–Algo así –murmuró ella, apartando la mirada.

«Algo así». Finn daría cualquier cosa por saber qué era ese algo así. Entonces tal vez podría resolver sus conflictivos sentimientos.

Se preguntó si alguna vez habría tenido que trabajar de verdad. Ella misma había admitido haberse alejado del negocio familiar y de las responsabilidades...

Era muy guapa, pero sus actos le restaban atractivo.

Entonces, ¿por qué demonios le seguía pareciendo irresistible?

Capítulo Tres

Tamsyn despertó a la mañana siguiente con renovado vigor para enfrentarse con el nuevo día. Comer con Finn había sido muy agradable, mucho mejor de lo que había anticipado, aunque el sitio le había hecho añorar Los Masters.

Su anfitrión parecía haber intuido esa tristeza y la había animado con sus conocimientos de la zona. Era evidente que le gustaba aquel sitio y la gente que vivía allí, porque varias personas se habían parado a saludarlo.

Y había algo más: se sentía protegida. Lo cual era extraño, porque acababa de conocer a Finn. Pero su comportamiento hacia ella era cariñoso y solícito, un lujo que no había experimentado en mucho tiempo.

Después de comer habían dado un paseo por el viñedo y Tamsyn se había enamorado del paisaje, de los valles, las colinas.

El día anterior había sido estupendo, pero aquel prometía ser diferente. Iba a mudarse a la casita que había alquilado y esperaba que no estuviera llena de polvo y moho.

Tamsyn no encontró el camino inmediatamente y tuvo que dar la vuelta, conduciendo despacio para no perderse de nuevo hasta que, por fin, encontró una entrada casi tapada por unos arbustos. Era un buen sitio para alguien que no quería ser encontrado, pensó, mientras recorría un camino de tierra en la ladera de la colina; la misma colina en la que estaba situada la opulenta casa de Finn Gallagher.

No sabía que iban a estar tan cerca. Podía saltar la cerca y recorrer el viñedo que los separaba en diez o quince minutos. Era algo inquietante y agradable al mismo tiempo. Al menos habría alguien cerca en caso de que necesitara ayuda... ¿pero Finn Gallagher precisamente?

Por atractivo que fuese, y por mucho que le gustara, en cierto modo seguía inquietándola. Como si Finn tuviese un motivo oculto...

Tal vez estaba exagerando, aunque era comprensible. Que el hombre con el que había estado comprometida la hubiera engañado de tal forma la hacía desconfiar de todo el mundo. Su relación con Trent había sido más bien fría y su vida sexual mínima, pero había pensado que él era así y lo amaba a pesar de todo. Creía que había un futuro para ellos.

Eso demostraba que no sabía juzgar a la gente, pensó, antes de detenerse frente al garaje de la casa. Tal vez estaba siendo paranoica, aunque eso no era necesariamente malo. Su experiencia con Trent había sido un despertar muy desagradable y lo más sensato sería desconfiar. Era absurdo querer salvar su orgullo herido con un desconocido, por guapo que fuera, y por mucho que hiciese latir su corazón.

Suspirando, Tamsyn bajó del coche. La casita era antigua, pero estaba bien conservada. Al menos, el porche tenía buen aspecto.

Tomando las bolsas de comida que Penny había insistido en regalarle, subió al porche y entró en la casa. El sol que entraba por las ventanas hacía visibles las motas de polvo que flotaban en el aire, pero aparte de eso el sitio parecía bien conservado. Casi como si los propietarios hubieran salido un momento.

–Prrrp…

Tamsyn dio un respingo al escuchar ese ruido y, al darse la vuelta, vio un gato negro mirándola con sus ojos dorados.

–Vaya, hola –murmuró, inclinándose para acariciarlo–. Parece que a partir de ahora voy a cuidar de ti. Es una pena que nadie me haya dicho tu nombre.

El agente inmobiliario le había explicado que un vecino se encargaba de darle de comer, pero que sería su responsabilidad a partir de ese momento.

El animal levantó la mirada antes de saltar sobre el alféizar de la ventana para lamerse a placer. Por alguna razón, la presencia del animal hizo que Tamsyn se sintiera más cómoda allí.

Sacó las cosas de la bolsa y las guardó en la nevera mientras observaba por la ventana el huerto y el jardín, algo descuidado.

No debería ser tan emocionante estar en aquel sitio. Después de todo, ella había crecido en una finca fabulosa. Pero era la finca de su familia, no la suya. Nunca había estado sola y era sorprendente cuánto le gustaba. Si no le apetecía, no tenía que ir a ningún sitio. ¿Pero cómo iba a encontrar a su madre si no preguntaba a la gente…?

Internet, pensó entonces. ¿Por qué no se le había ocurrido antes?

Porque estaba demasiado distraída con otros pensamientos: Trent y el enigmático vecino que vivía en la colina.

En cuanto hubiera guardado sus cosas en el armario, se pondría a trabajar.

Tamsyn se dio la vuelta y estuvo a punto de gritar cuando algo le rozó la pierna. El gato… que en realidad era una gata. Porras, iba a tener que acostumbrarse al silencioso felino.

El animal se frotó contra su pierna antes de arañar la puerta del armario con una pata.

—No hagas eso —lo regañó.

Pero la gata volvió a arañar la puerta de nuevo y, un poco asustada al pensar que podría haber un ratón dentro del armario, Tamsyn abrió la puerta con cuidado y dejó escapar un suspiro de alivio al ver una bolsa de comida para gatos.

—Ah, ya veo, tienes hambre.

Encontró dos cuencos de plástico al lado de la puerta de cristal que daba al jardín y el animal ronroneó, encantado, cuando llenó uno de ellos de comida y otro de agua.

–Ahí tienes –murmuró mientras guardaba la bolsa en el armario.

Satisfecha consigo misma, Tamsyn volvió al coche para buscar la maleta. Había dos dormitorios para elegir, un cuarto de baño y una puerta cerrada con llave. Eligió el dormitorio más pequeño y empezó a guardar sus cosas en el armario. Comparado con el vestidor que tenía en su casa aquel armario era diminuto...

Su casa.

Sintiendo una extraña añoranza, decidió llamar a su hermano para decirle que estaba bien y hablarle de sus planes.

–Estaba a punto de mandar una expedición de búsqueda –bromeó Ethan, aunque ella sabía que estaba preocupado. ¿Cuándo vuelves a casa?

–Aún no, Ethan. ¿Qué tal van las cosas sin mí?

–Más o menos bien –respondió su hermano–. La tía Cynthia está haciendo tu trabajo y la verdad es que me tiene impresionado.

Para ella, esas palabras fueron como una bofetada. Nadie la echaba de menos. Trent ni siquiera le había enviado un mensaje. Habían estado comprometidos durante un año y merecía al menos una explicación, una disculpa, algo.

Daba igual. Su misión era encontrar a su madre. Era hora de dejar de mirar atrás y pensar en el futuro.

–¿Podrías comprobar una cosa por mí? La dirección a la que el abogado enviaba los cheques de mamá... ¿puedes volver a dármela?

–Sí, claro. Espera que busque el email... aquí está.

Ethan le dio la dirección y Tamsyn hizo una mueca.

–Qué raro. Esa es la dirección a la que fui el sábado, pero el propietario de la casa me dijo que allí no vivía ninguna Ellen Masters.

–Deja que hable con el abogado. Tal vez nos haya dado una dirección equivocada.

O alguien estaba mintiendo otra vez. ¿Podría Finn estar escondiéndole información sobre su madre? ¿Por qué? Él no iba a ganar nada con eso.

–Envíame un mensaje cuando hayas hablado con él, ¿de acuerdo? Mientras tanto, he decidido alquilar una casita durante unos días para investigar un poco por mi cuenta. A ver si encuentro a alguien que haya oído hablar de mamá.

–Tam, ¿estás segura de que quieres hacerlo? Tal vez ella no quiera que la encontremos.

–Pero tengo que encontrarla. Yo merezco saber por qué nos dejó, Ethan. Necesito saberlo.

Al otro lado escuchó el suspiro de su hermano.

–Por cierto, he hablado con Trent y me ha contado lo que pasó.

Tamsyn sintió como si una garra le apretase el corazón.

–¿Te lo ha contado todo?

–He tenido que presionarlo un poco y no te culpo por salir corriendo. Nos engañó a todos, Tam. Nos hizo creer que te quería como tú mereces que te quieran. Te prometió algo que no podía cumplir... lo que hizo es imperdonable. Tú mereces algo mejor, cariño. Isobel está tan furiosa que tuve que sujetarla para que no fuese a buscarlo, pero quiero que sepas que estamos contigo para lo que sea.

Tamsyn parpadeó varias veces para contener las lágrimas porque si su hermano la oía llorar iría corriendo a buscarla. Aquella era su misión, su objetivo. Tenía que hacerlo sola.

Pensó entonces en la prometida de Ethan, Isobel, una rubia diminuta dispuesta a pelearse con Trent... y eso casi fue suficiente para hacerla sonreír.

–Gracias –logró decir, con voz entrecortada–. Te llamaré en unos días, ¿de acuerdo?

–Tengo que estar de acuerdo, no puedo hacer otra cosa –asintió Ethan–. Voy a comprobar esa dirección y te enviaré un mensaje con lo que sea.

Cuando cortó la comunicación, Tamsyn sintió como si hubiera cortado la cuerda de un salvavidas y suspiró, aliviada, al escuchar el ruido de un coche en el camino. El corazón se le aceleró al ver que era Finn, pero decidió olvidarse de eso para concentrarse en la pregunta que daba vueltas en su cabeza: ¿Tendría Finn Gallagher alguna de las respuestas que buscaba?

Finn se dirigió a la puerta, cuando iba a llamar al timbre, ella abrió la puerta. Aquel día llevaba un vaquero ajustado y una camiseta blanca bajo la que se transparentaba un poco el sujetador rosa...

Finn tuvo que hacer un esfuerzo para levantar la mirada. Con el pelo sujeto en una coleta parecía más joven, y las ojeras habían desaparecido.

–Hola. Pasaba por aquí y he pensado preguntarte si necesitabas algo del pueblo.

Tamsyn esbozó una sonrisa.

–Muchas gracias, pero Penny se empeñó en darme un montón de comida, así que tendré suficiente para los próximos días.

–Ah, muy bien –Finn buscó algo que decir para prolongar la conversación–. Ah, y también había pensado darte el número de mi móvil por si necesitas algo.

Sus dedos se rozaron cuando Tamsyn tomó la tarjeta que le ofrecía y ese roce le provocó un extraño escalofrío.

–Gracias, aunque a primera vista tengo todo lo que necesito. Parece que tus vecinos son autosuficientes.

–Sí, lo son.

–¿Eres tú quien daba de comer a los animales hasta ahora?

–Sí, a las gallinas y ese monstruo de gata.

El monstruo en cuestión apareció en ese momento y se sentó al lado de Tamsyn, mirando a Finn con cara de pocos amigos.

Tamsyn soltó una carcajada.

–Pero si es un cielo. ¿Cómo se llama?

–Lucy, diminutivo de Lucifer.

–No te creo.

–En serio, es un demonio. Pensaron que era un

macho cuando apareció por aquí y le pusieron Lucifer, pero acortaron el nombre al descubrir que estaba preñada.

Finn observó, asombrado, que el animal apoyaba la cabeza en la pierna de Tamsyn.

–¿Lucifer esta preciosidad? Un poco exagerado, ¿no?

Tal vez había juzgado mal al animal, pensó Finn, inclinándose para acariciarle las orejas... pero Lucy lanzó un bufido.

–No, de exagerado nada. Mírala.

–Conmigo es muy buena.

–Es curioso que se lleve tan bien contigo. Normalmente solo deja que la toque su dueña y la hija de su dueña.

Finn hizo una mueca. Pues claro que Lucy se llevaba bien con Tamsyn; al fin y al cabo, también era hija de Ellen.

–Tal vez prefiere la compañía femenina –sugirió ella.

–Sí, seguramente.

–¿Quieres tomar un café?

–Sí. Y ya que estoy aquí, comprobaré si está encendida la caldera.

–Ah, muchas gracias. Nada me gustaría más que darme un baño caliente esta noche.

Finn tuvo que tragar saliva al imaginarla desnuda en un baño de espuma, la delicada curva de sus hombros sobresaliendo de la bañera...

–Sí, claro –murmuró.

Finn salió al porche trasero y tomó una llave escondida en el quicio de la puerta. Aquella casa le resultaba tan familiar como la suya propia. Lorenzo y Ellen lo habían acogido cuando tenía doce años y, a pesar de sus ofertas de construirles una casa nueva y más cómoda, ellos habían insistido en que eran felices allí, especialmente desde que Alexis se marchó.

Unos minutos después, salió del cuarto de la caldera y oyó a Tamsyn canturreando en la cocina.

–Tomas el café sin leche ni azúcar, ¿verdad?

Le impresionó que se hubiera fijado en eso cuando comieron en el restaurante.

–Sí, gracias –respondió Finn, cerrando la puerta y colocando la llave en su sitio.

–Parece que conoces bien la casa.

–Hemos sido vecinos muchos años. Además, llevo algún tiempo dando de comer a los animales.

–Menos mal que Lucy tolera que le des la comida.

–Los gatos son muy egoístas.

–No lo sé, nunca he tenido gatos. Ninguna mascota en realidad.

–¿Ninguna?

–A nuestro padre no le gustaba tener animales en casa. Algunas gatas callejeras tenían gatitos en la finca, pero él se encargaba de que los llevaran a un refugio.

Finn pensó en los perros que había tenido su padre, además de los animales de la granja. Siempre había imaginado que él tendría un par de perros cuando terminase de construir la casa, pero

Briana era alérgica y desde que se marchó, un año antes, había estado demasiado ocupado con otras cosas.

—¿Dónde creciste? —le preguntó.

—En un viñedo parecido al que vimos ayer, aunque más grande. Además del viñedo tenemos una bodega, restaurante, hotel, salones para eventos… cuando era pequeña solo teníamos el viñedo y la bodega, pero la familia de mi padre trabajó mucho para recuperar lo que había perdido. Tuvieron que empezar casi de cero después de un terrible incendio.

—Pues no debió ser fácil.

—No, no lo fue. Nosotros también trabajamos mucho… mi hermano, mis primos y yo. Cada uno ocupa un sitio en el negocio.

Lo que estaba contando no se parecía nada a lo que Finn pensaba de ella. La había imaginado viviendo rodeada de lujos, sin trabajar, y esa novedad despertó su curiosidad.

—¿Y cuál es tu puesto en el negocio?

Tamsyn empezó a remover el café.

—Eso ya da igual —murmuró.

Finn sabía que no era el momento de insistir.

—Recuérdame que te enseñe a usar la máquina de café expreso.

—El café instantáneo es horrible, ¿verdad? Ni siquiera estoy segura de que sea café.

—Si no te importa, voy a tirarlo —dijo Finn, acercándose al fregadero.

Pero ella había hecho lo mismo y, sin querer, le

rozó el brazo con el pecho. No lo había hecho a propósito, pero no lo lamentaba, especialmente al ver que los pezones se le marcaban bajo la camiseta. Tan cerca, notó que contenía el aliento. Saber que ejercía ese efecto en ella, que estaba tan afectada como él, era muy gratificante.

Sus ojos se habían oscurecido y tenía los labios entreabiertos, como si no pudiera respirar bien. Solo tardaría un segundo en capturar esos labios para probar si eran tan suaves como parecían, para buscar en ellos una respuesta.

Demasiado pronto, pensó. Tamsyn era tímida y debía ir despacio, tentarla, dejar que fuera ella quien se acercase.

Finn dio un paso atrás, con desgana.

–Bueno, me marcho –murmuró–. Te diría gracias por el café, pero...

Ella rio.

–Sí, lo sé. Gracias por venir y por encender la caldera.

–De nada. Si quieres, puedo venir mañana para enseñarte a usar la máquina de expreso.

–Te lo agradecería –dijo Tamsyn, siguiéndolo hasta la puerta.

Se quedó allí, en el porche, con las manos en los bolsillos del pantalón, mirándolo mientras se alejaba por el camino.

Finn sacudió la cabeza. Conocer mejor a Tamsyn Masters estaba siendo más difícil de lo que había pensado. Y más interesante. Mucho más interesante.

***

Tamsyn esperó hasta que el coche de Finn se perdió de vista antes de entrar en la casa, que de repente le parecía más vacía sin él. Pero se regañó a sí misma por pensar esas cosas mientras abría las ventanas para dejar entrar el aire fresco.

Después de servirse un vaso de agua, se sentó en una mecedora del porche y buscó en Internet la guía local para ver si aparecía el nombre de su madre.

Una hora después suspiraba, frustrada. La única información que había encontrado sobre Ellen Masters era de cuando vivía en Adelaida, la más reciente el anuncio de su boda treinta años antes. Había una foto de sus padres en la entrada de la iglesia, seguida de dos breves anuncios en el periódico sobre el nacimiento de Ethan y ella. Después de eso, nada.

Tamsyn miró la fotografía de la boda en la pantalla del móvil. La calidad de la foto era mala y las facciones de su madre un poco borrosas, como la información que había encontrado sobre Ellen Masters desde entonces. Era tan raro… casi como si al casarse con John Masters, Ellen hubiese desaparecido del mapa, como si hubiera dejado de existir.

Tamsyn intentó recordar algo de su madre, aparte de sus abrazos, pero solo recordaba una risa cálida y el olor a hierba recién cortada.

Enfadada, murmuró una palabrota que asustó a los pájaros que picoteaban en la hierba.

Aquello no llevaba a ningún sitio, pensó, cerrando la aplicación del teléfono y tomando el vaso de agua. Tal vez podría preguntar en el ayuntamiento. Si había vivido allí, seguramente estaría en el censo o tendrían alguna información sobre su paradero.

Tamsyn se levantó para buscar las llaves del coche.

Apenas se cruzó con nadie en la carretera hasta que llegó a los límites del pueblo. Aparcó en una calle lateral, cerca de la boutique en la que había comprado el vestido el día anterior, y se dirigió al ayuntamiento, en la calle principal.

A juzgar por el grupo de gente con ropa deportiva que salía en ese momento del edificio, el ayuntamiento se usaba para muchas actividades. En el vestíbulo había carteles que informaban de ello, y uno en concreto llamó su atención: buscaban un coordinador de actividades para los mayores un día a la semana hasta Navidad.

Tamsyn lo pensó un momento. ¿Un día a la semana durante cinco semanas? Tal vez tardaría más que eso en localizar a su madre. Y, aunque la encontrase de inmediato, le gustaría pasar tiempo con ella antes de volver a Adelaida.

Si volvía.

Pensar eso no la intranquilizó, al contrario. Subió por la escalera hasta la oficina y entonces sí se puso nerviosa. Era el primer trabajo para el que se ofrecía en toda su vida. En el pasado, siempre había trabajado en la empresa familiar. Cuando terminó la carrera, se dedicó a dirigir los eventos que tenían lugar en la finca, y nunca había tenido que enfrentarse con un rechazo.

¿Y si le decían que no?

Tamsyn tragó saliva, intentando controlar el miedo. Ella nunca había sido insegura, pero las mentiras de Trent habían hecho que dudara de sí misma. Podía hacer aquel trabajo con los ojos cerrados, pensó. Sin embargo, tuvo que hacer un esfuerzo para llamar a la puerta.

–¡Entre si es guapo! –escuchó una voz al otro lado.

Tamsyn sonrió mientras entraba en la oficina.

–Vengo por el puesto de coordinador de actividades para mayores.

Detrás del escritorio, cubierto de papeles y tazas de café, había una mujer que podía tener entre cincuenta y ochenta años, con el pelo tieso y un cigarrillo apagado en los labios.

–Australiana, ¿eh? ¿Por qué cree que puede hacer el trabajo?

Tamsyn hizo un esfuerzo para permanecer impasible.

–Tengo un título en Ciencias de la Comunicación y llevo siete años coordinando eventos a pequeña y gran escala, desde cenas de empresa a lanzamiento de productos, bodas, aniversarios.

–Este es un trabajo no remunerado.

–Lo sé. El dinero no es un problema.

–¿Ah, no? Qué suerte tienen algunos –dijo la mujer–. Solo serán cinco semanas… no, cuatro, porque nadie querrá venir por Nochebuena.

–Me parece bien.

–La coordinadora se ha roto una pierna, pero imagino que usted les dará a los viejos algo bonito que mirar. Está contratada.

Tamsyn la miró, sorprendida.

–¿No necesita referencias?

–¿Cree que las necesito? –la mujer la miró por encima de las gafas–. Lo que necesito es un cigarrillo, pero ya no se puede fumar en la oficina.

Y por el *tsunami* de papeles que la rodeaban, esa era una buena noticia, pensó Tamsyn.

–Bueno, ¿cuándo debo empezar?

–El miércoles. Las clases son de diez y media a una –respondió la mujer, ofreciéndole una carpeta–. Aquí están las actividades y el nombre de todos los participantes. No la pierda.

–Gracias. Soy Tamsyn Masters, por cierto.

–Yo soy Gladys y llevo este departamento porque nadie más quiere hacerlo. Si tiene alguna pregunta que hacer, cuente conmigo, pero no ahora mismo; el que canta los números del bingo tiene laringitis y necesito reemplazarlo de inmediato. Imagino que no querrá usted…

–No, no puedo.

–Ya me lo imaginaba. Bueno, deme su número de teléfono por si tengo que llamarla para algo.

Tamsyn le dio el número de su móvil.

–¿Puedo echar un vistazo a la sala de actividades?

–Claro que sí, pero no pierda la carpeta.

–No la perderé –le aseguró ella, guardándola en el bolso antes de salir de la oficina.

La sala de actividades era grande, con antiguas cortinas de terciopelo rojo. Se sentó un momento para estudiar la carpeta que le había dado Gladys. Las actividades estaban bien ordenadas y eran las mismas cada semana, con alguna excursión ocasional para ver una película en Blenheim o visitar algún restaurante de la zona.

Salió a la calle y en ese mismo momento Gladys salió tras ella, sacando un paquete de cigarrillos del bolso.

–Necesito una información y no sé dónde conseguirla –le dijo Tamsyn.

–¿Qué es lo que quieres saber?

–Mi madre es de aquí y estoy intentando localizarla.

–Ah, por eso tu rostro me resultaba familiar. ¿Dices que tu madre es de aquí?

–Ellen Masters… ¿ha oído hablar de ella?

Gladys sacó un mechero de su voluminoso bolso de croché y, después de encender el cigarrillo, dio una profunda calada que la hizo sonreír de felicidad.

–No me suena ese nombre.

–¿Sabe dónde está el censo electoral? Tal vez allí puedan decirme algo.

Gladys dio otra calada al cigarrillo.

–El censo está en la biblioteca. Pregúntale a Miriam, dile que te envío yo.

–¿Dónde está la biblioteca? –preguntó Tamsyn.

Pero Gladys ya se había dado la vuelta e iba casi corriendo por la acera.

Frustrada, sacó el móvil del bolsillo para buscar el mapa del pueblo. La biblioteca estaba a una manzana de allí.

Tamsyn se dirigió hacia allí y estudió las horas de atención al público en el cartelito pegado en la puerta. Había llegado tarde, pero se prometió volver el miércoles, su primer día como coordinadora de eventos para mayores.

Por el momento, no podía hacer nada más que volver a la casa y ventilar su frustración cortando malas hierbas.

Mientras salía del pueblo, todo el mundo la saludaba o la miraba con una sonrisa en los labios…

Si todo el mundo era tan agradable, ¿por qué era tan difícil localizar a su madre? ¿Todos conspiraban para evitar que la encontrase?

Capítulo Cuatro

Parecía como si un huracán hubiera pasado por el jardín de los Fabrini, pensó Finn mientras salía del coche al día siguiente. Había montañas de malas hierbas apiladas aquí y allá...

Tamsyn debía haber estado trabajando durante horas.

—¡Buenos días! —lo saludó ella desde el porche.

—Buenos días —le devolvió Finn el saludo. Era una alegría verla con un pantalón corto y una camiseta manchada de hierba—. Veo que has estado muy ocupada.

—Empecé ayer y he seguido esta mañana. No estoy acostumbrada a estar de brazos cruzados y no me gusta dejar las cosas a medias —respondió Tamsyn—. Si lo hiciera, acabaría dándome a la bebida.

Eso era exactamente lo que había hecho su madre cuando se marchó de Australia, pensó Finn. Verse obligada a no hacer nada, a ser meramente un elemento decorativo siempre a las órdenes del padre de Tamsyn, pero sin recibir su cariño, la había empujado a beber. Incluso sus hijos habían sido criados por niñeras.

—¿Qué tal un expreso? —le preguntó, haciendo un esfuerzo por sonreír.

–Ahora mismo haría cualquier cosa por un buen café.

¿Cualquier cosa? A Finn se le encogió el estómago. Menos de cinco minutos en su compañía y ya estaba excitado.

–Seguro que a tu novio no le gustaría que hicieras una oferta como esa.

–No tengo novio en este momento. No me interesan los hombres.

–¿No te interesan? –Finn tomó su mano y acarició la marca del anillo–. ¿Y esta es la razón?

–Sí –respondió ella, apartando la mano–. Tengo que lavarme un poco. Sabes dónde está todo, ¿no?

De modo que tampoco quería hablar de eso. ¿La princesita australiana habría roto con su prometido? ¿Era por eso por lo que buscaba a su madre, para encontrar consuelo?

Finn se dijo a sí mismo que no debía sacar conclusiones precipitadas.

Entró en la cocina y sacó el fuerte café italiano que tanto le gustaba a Lorenzo.

–Mi camarero personal –bromeó Tamsyn unos minutos después, sorprendiéndolo cuando entró en la cocina sin hacer ruido.

Se había dado una ducha rápida y cambiado los pantalones cortos por los vaqueros del día anterior y una camiseta rosa.

–Tú tendrás que hacer el resto. Estoy aquí para enseñarte a usar la máquina.

Tamsyn se encogió de hombros.

–Muy bien. Empieza por decirme cuánto café debo echar.

–Vamos a tomarlo en el porche. Así disfrutaremos de tus esfuerzos en el jardín –sugirió Finn unos minutos después.

–Hacía tiempo que nadie se encargaba de él, ¿no? –comentó Tamsyn mientras se sentaban en las mecedoras.

Finn se limitó a asentir con la cabeza. El jardín siempre había sido el refugio de Ellen, pero en los últimos años era demasiado para ella y Lorenzo, ocupado dirigiendo el viñedo, no tenía tiempo para otra cosa. Finn había sugerido más de una vez que contratasen a alguien, pero su socio siempre se había negado.

Considerando que Ellen aún no había cumplido los sesenta años, debía ser muy difícil para Lorenzo ver a la mujer que amaba marchitarse física y mentalmente. Saber que sufría principios de demencia fue devastador para todos…

–Estaba riquísimo –la voz de Tamsyn interrumpió sus pensamientos–. Me siento como una mujer nueva –dejó escapar un suspiro de felicidad–. Por cierto, tengo un trabajo.

–¿Ah, sí?

–No me pagan, es un puesto de voluntaria en el ayuntamiento.

–¿Gladys va a dejar que la ayudes? –Finn enarcó una ceja, sorprendido.

Tamsyn rio y él pensó que tenía una risa preciosa.

–Aunque me gustaría ordenar su despacho, ni se me ocurriría sugerirlo. No, necesitaban un coordinador para las actividades de lo mayores. Por lo visto, la persona que lo hacía hasta ahora ha tenido un accidente y no volverá hasta principios de año.

–¿Piensas quedarte aquí hasta entonces?

Eso sí era una sorpresa. Había pensado que volvería a su casa antes de Navidad.

–Sí, he decidido quedarme.

–¿Pero tu familia…? ¿No te esperan en casa en Navidad?

Tamsyn se encogió de hombros.

–Ethan acaba de comprometerse y creo que estaría bien que Isobel y él disfrutasen de sus primeras Navidades sin tener que pensar en mí. El resto de mi familia es muy grande y no me echarán de menos. Además, aquí me necesitan.

Había una nota de soledad en su voz, como si estuviera perdida. Finn no dudaba ni por un momento que su familia la echaría de menos, pero estaba claro que ella no pensaba lo mismo. De hecho, parecía necesitar ese puesto de voluntaria en la comunidad más que la comunidad a ella.

Debía reconocer que no era la princesita mimada que había imaginado. Evidentemente, las cicatrices que le había dejado Briana eran más profundas de lo que pensaba si ya no era capaz de ver lo bueno en los demás.

Después de todo, arreglar el jardín… ¿haría eso alguien que no estaba acostumbrado a trabajar?

–Seguro que los mayores estarán encantados

contigo. Eres mucho más guapa que la otra coordinadora.

–Seré una novedad, pero se les pasará pronto –dijo Tamsyn, poniéndose colorada.

–Bueno, es hora de ponerse a trabajar –anunció Finn, levantándose.

–¿A qué te dedicas?

–A esto y aquello. En este momento estoy desarrollando una idea.

–Ah, pero no quieres contárselo a nadie, ¿no? ¿Si me lo cuentas tendrás que matarme?

Finn soltó una carcajada.

–No, no es eso. Antes me dedicaba a la ingeniería informática –le dijo, sin contarle que había levantado una empresa multimillonaria–. Ahora me dedico a varias cosas, incluyendo el viñedo. Los propietarios de esta casa y yo somos socios.

–Ah, qué bien. Seguro que eso es más divertido que estar todo el día pegado a un ordenador.

–Es diferente. Entonces me parecía divertido, pero ahora tengo más libertad para hacer lo que quiera.

Finn bajó del porche y Tamsyn fue tras él.

–Me ha gustado mucho el café y la lección sobre cómo hacerlo. Gracias por venir.

–De nada. Oye, ¿tienes planes para esta noche? Podríamos cenar juntos, es más divertido que cenar solo.

–¿Seguro que no seré una molestia?

–No me molestará nada poner dos filetes en lugar de uno en la parrilla.

–Muy bien –asintió Tamsyn–. ¿Qué tal si yo llevo la ensalada y algo de postre?

–Ya tengo el postre, pero si quieres llevar una ensalada, estupendo. ¿Nos vemos alrededor de las ocho en mi casa?

–Muy bien –asintió ella, con los ojos brillantes–. Allí estaré.

Aquella tarde le parecía interminable. Tamsyn limpió el polvo, sacó brillo a los muebles y pasó la aspiradora. Tenía que hacer algo para olvidarse de la cena.

Se decía a sí misma que Finn solo la había invitado como buen vecino que era, pero no podía olvidar ese momento, el día anterior, cuando creyó que estaba a punto de besarla.

¿Por qué sentía que tenía algo que demostrar? ¿Por qué era tan importante que un hombre como Finn Gallagher la encontrase atractiva? Había visto cómo la miraba. Y también lo miraba ella, debía reconocerlo. Al fin y al cabo, era un hombre muy atractivo. Tal vez una aventura con alguien como Finn era justo lo que necesitaba.

Iba a cenar con un hombre atractivo, uno que buscaba su compañía y al que había visto todos los días desde que se conocieron. Pensar eso hizo que saliese al huerto con una sonrisa en los labios.

Llevar una ensalada para la cena no sería una gran contribución, pero estaba dispuesta a hacer la mejor ensalada que hubiera probado nunca

Finn Gallagher. Después de cortar y lavar las verduras se dio una ducha rápida y miró en el armario para decidir qué iba a ponerse. Los pantalones vaqueros eran demasiado informales y no quería ni ver la falda y la blusa con los que había llegado allí. Dada sus limitadas opciones, solo quedaba el vestido azul que se había puesto el domingo.

¿Por qué no?, pensó, sacándolo de la percha. Una vez vestida se cepilló el pelo y se hizo un moño bajo, dejando unos mechones sueltos alrededor de la cara. Sí, le gustaba cómo quedaba.

Después de una rápida aplicación de los limitados cosméticos que llevaba en la bolsa de aseo, estaba lista.

Tardó unos minutos en hacer el aliño para la ensalada y la colorida combinación de verduras resultaba apetecible y atractiva. Cuando miró el reloj comprobó que eran las ocho menos cinco. Perfecto porque solo tardaría cinco minutos en llegar a casa de Finn, pensó, tomando las llaves del coche.

Lucy, que estaba tumbada en uno de los sillones, levantó la cabeza.

–Tengo una cita, Lucy. No hagas nada malo mientras estoy fuera.

Una vez en el coche, Tamsyn cerró los ojos y respiró profundamente para controlar su nerviosismo, pero con poco éxito. Le temblaba ligeramente la mano mientras metía la llave en el contacto.

Aquello era ridículo, pensó cuando por fin consiguió arrancar el coche. Solo era una cena, nada más. Pero si ese era el caso, ¿por qué el corazón le latía con tal fuerza?

Estaba portándose como una tonta, se dijo a sí misma mientras se dirigía a la casa de Finn.

De nuevo, la majestuosidad de la construcción la sorprendió. La imponente entrada hacía que se sintiera pequeña e insignificante mientras iba hacia la puerta con la ensaladera en la mano.

Levantó el pesado llamador de hierro y esperó. Cuando la puerta se abrió, se quedó sin aliento durante un segundo. Con el pelo mojado de la ducha, Finn estaba abrochándose la camisa y, al ver el ancho torso y los abdominales marcados, tuvo que hacer un esfuerzo para que le saliera la voz.

–Hola.

–Perdona, es que estaba respondiendo a una llamada –se disculpó él–. No suelo ser tan desordenado.

–Aquí está la ensalada –consiguió decir Tamsyn.

–Ah, muy bien. Sígueme, vamos a la cocina.

Finn iba descalzo y hasta sus pies eran bonitos, pensó, sintiendo un cosquilleo entre las piernas. Intentó apartar la mirada, concentrándose en un punto entre sus hombros para controlar sus hormonas...

–Siéntate mientras preparo el aliño para la carne –dijo él, señalando unos taburetes frente a la encimera de granito.

–Gracias. ¿Te importa que me quite los zapatos?

–No, claro que no. Estás en tu casa.

–Huele muy bien.

–Estará muy rico, espero –respondió Finn, haciéndole un guiño–. ¿Quieres una copa de vino?

–Sí, gracias.

–¿Blanco o tinto?

–Sorpréndeme –respondió ella.

–Muy bien, vuelvo enseguida. A menos que quieras bajar conmigo a la bodega… La bodega está por aquí, ven –dijo, ofreciéndole la mano.

Tamsyn intentó no pensar en la reacción que le provocaba el calor de esa mano y se concentró en respirar mientras salían de la cocina para bajar por una estrecha y larga escalera.

–La bodega está construida a cierta profundidad porque así es más fácil mantener la temperatura adecuada –le explico Finn mientras abría una puerta.

Tamsyn dejó escapar un suspiro al ver las paredes cubiertas de estanterías llenas de botellas.

–Es impresionante –comentó, mirando las etiquetas–. Y tienes buenos vinos. A Ethan le encantaría este sitio.

–¿Ethan? –repitió él.

–Mi hermano. Él es el encargado de los vinos en la finca.

–Tal vez iré a visitaros algún día –dijo Finn, sacando dos botellas–. ¿Qué tal un *pinot gris* para el aperitivo y un *pinot noir* para la cena?

–Me parece estupendo –asintió Tamsyn, volviéndose para regresar a la cocina.

Mientras él abría la primera botella y servía dos copas, ella miró hacia el jardín.

–Tienes una casa preciosa.

–Es muy grande, pero es un hogar para mí –Finn abrió la puerta que llevaba al patio–. Siéntate. Voy a traer unos aperitivos.

Tamsyn se dejó caer sobre una cómoda silla y esperó, abriendo los ojos como platos cuando volvió con una bandeja de entrantes.

–Vaya, ¿de dónde has sacado todo eso?

–Es uno de mis talentos –bromeó él–. Un amigo de mi padre me enseñó a apreciar la vida con todos sus sabores. Estos son algunos de ellos.

–Parece que era un buen amigo.

Finn tomó un sorbo de vino mientras asentía con la cabeza.

–El mejor. Cuando mi padre murió y mi madre se puso enferma, él me ofreció su casa y siempre le estaré agradecido. Le debo mucho.

Fuera quien fuera, aquel hombre había sido una gran influencia en su vida, pensó ella.

–¿Eras muy joven cuando murió tu padre?

–Tenía doce años. Y tras la muerte de mi padre, mi madre se puso enferma.

–Vaya, lo siento mucho.

–Fue hace mucho tiempo –Finn se sentó a su lado, pensativo–. Venga, pruébalo.

–Todo está muy rico –dijo ella, probando una alcachofa–. La verdad es que me encanta tu casa.

–A mí también me gusta mucho. No me imagino viviendo en otro sitio.

–Yo solía pensar lo mismo de Los Masters… –Tamsyn no terminó la frase.

En aquel momento se preguntaba si volvería a ser su hogar algún día. Se sentía tan desorientada, tan inquieta.

–¿Ya no lo piensas?

–Las cosas cambian. Y, al final, la gente no es como uno había pensado.

Era algo más que eso, por supuesto. Las mentiras la habían alejado de su casa, pero con la perspectiva que daba la distancia se daba cuenta de que no había sido realmente feliz, incluso antes de saber la verdad. Siempre se había sentido a salvo en Los Masters, protegida, pero nunca realmente feliz.

Nada en su trabajo la interesaba de verdad, nada en su vida personal la hacía sentir viva. Tal vez sentirse protegida y a salvo no era lo que quería. Tal vez necesitaba algo más.

–¿Quieres hablar de ello? –le preguntó Finn.

Tamsyn se quedó en silencio unos segundos. ¿Quería hablar de ello? No estaba segura. No quería estropear la noche contándole sus problemas.

–No, mejor no –decidió por fin–. Lo resolveré yo sola.

–Si necesitas un hombro sobre el que llorar, aquí tienes el mío.

–Gracias.

Finn sugirió que volvieran a la cocina para hacer la cena y mientras él ponía los filetes a la parrilla, ella sirvió la ensalada. Cuando terminaron de cenar, se había hecho de noche.

–¿Sabes una cosa? Esta casa me recuerda un

poco a la casa original de mi familia, que fue destruida en un incendio hace cuarenta años.

–¿Se perdió para siempre?

–No, fue reconstruida.

–Pues no debió ser nada fácil.

–No, no lo fue. Creo que, en parte, esa es la razón por la que mi padre era tan distante con nosotros cuando éramos niños. Estaba obsesionado con reconstruir la casa y recuperar los viñedos.

Tanto que no había tenido tiempo para su esposa, pensó Finn. Él tenía ocho años cuando Lorenzo y Ellen llegaron allí y aún recordaba lo frágil que le pareció ella. Pero sabía del amor que sentía por los hijos a los que se había visto obligada a abandonar. Y uno de esos hijos estaba allí, con él. Intentando reencontrarse con su madre cuando ya era demasiado tarde.

Finn hizo un esfuerzo para concentrarse en la conversación.

–Y tu madre… ¿qué fue de ella? –le preguntó.

–Yo tenía tres años cuando se marchó, así que apenas la recuerdo –respondió Tamsyn–. No he dejado de preguntarme por qué nos dejó. No sé qué clase de mujer abandona a sus hijos.

–Siempre hay dos versiones de una misma historia.

Le gustaría poder defender a Ellen, pero no podía hacerlo sin traicionar a Lorenzo.

–En nuestro caso, creo que hay más de dos versiones. Crecí pensando que mi madre había muerto y fue una sorpresa descubrir que estaba viva.

–¿Qué?

Finn sintió un escalofrío. ¿Tan empeñado estaba John Masters en que Ellen no volviera a casa que había mentido a sus hijos? ¿Qué clase de padre hacía algo así?

¿Y qué habrían sentido sus hijos al descubrir la verdad?

–Ethan y yo lo descubrimos recientemente, tras la muerte de nuestro padre –siguió Tamsyn–. Pero lo descubrimos por casualidad, cuando mi hermano pidió unos informes financieros sobre la finca. Lo único que sé es que mi madre intentó dejar a mi padre en una ocasión. Aparentemente, nos metió a Ethan y a mí en el coche, pero había estado bebiendo y perdió el control. Ethan y yo estuvimos unos días en el hospital, aunque no sufrimos heridas graves. Mi padre le dijo entonces que podía irse, pero que no nos llevaría con ella. Se ofreció a pagarle una suma de dinero mensual si no volvía a Los Masters y ella aceptó –Tamsyn tragó saliva–. Mi madre aceptó dinero por abandonarnos.

–¿Y es por eso por lo que quieres encontrarla? ¿Para descubrir por qué se marchó?

Ella lo miró, pensativa.

–Sí –respondió por fin, dejando la copa sobre la mesa–. Creo que merezco saber por qué tuve que crecer sin una madre.

El dolor que había en su voz era indudable, casi como algo tangible, y Finn se sintió culpable por haber pensado lo peor de ella. No podía haber sido fácil crecer sin su madre y con un padre demasiado ocupado como para hacerle caso. Por eficaces que fuesen las niñeras, los niños necesitaban a su padre y a su madre. Él había tenido suerte, pensó, al menos durante los primeros años de su vida. Y luego, con el cariño que le habían dado Lorenzo y Ellen.

–No me faltó de nada, por supuesto –siguió Tamsyn–. Además, Ethan y yo nos queremos mucho. Es muy protector, como buen hermano mayor. Mi padre nos quería a su manera y siempre nos hemos llevado bien con nuestros primos, pero quiero saber por qué nos abandonó mi madre. Por qué no éramos importantes para ella.

A Finn le gustaría decirle que eso no era verdad, que había cosas que no sabía, pero no podía compartir esa información.

–Espero que encuentres las respuestas –murmuró, sin saber qué decir.

–Sí, yo también –Tamsyn le ofreció una temblorosa sonrisa.

–Bueno, el postre –dijo él, intentando animarla–. ¿Te apetece?

–Sí, claro. He comido demasiado, pero seguramente los mayores del centro me ayudarán a librarme de las calorías.

Sacó el helado del congelador y lo sirvió en dos cuencos.

–¡Helado! –exclamó Tamsyn.

–No es un simple helado, es el mejor de Nueva Zelanda.

Ella lo probó y cerró los ojos un momento.

–¿Lleva caramelo por dentro?

Finn asintió con la cabeza.

–Toma –le dijo, ofreciéndole un frasco de chocolate líquido–. Puedes echarlo por encima.

El chocolate se volvía duro al contacto con el helado y Tamsyn emitió un suspiro de gozo que le hizo tragar saliva. Había podido controlarse durante toda la noche, pero en aquel momento lo único que deseaba era tumbarla sobre la mesa y comerse el postre encima de ella.

–Está riquísimo –murmuró Tamsyn.

Finn se llevó una cucharada a la boca, pensando que tal vez el helado le enfriaría un poco la libido. Pero no podía calmarse mientras veía a Tamsyn pasándose la lengua por los labios y tuvo que cerrar los ojos un momento para controlar el deseo de tomarla entre sus brazos.

Cuando por fin dejó la cuchara en el plato, Finn exhaló un suspiro de alivio.

–Voy a llevarlos al fregadero –murmuró, tomando los cuencos.

–Puedo hacerlo yo –se ofreció ella–. Tú ya has hecho mucho por mí esta noche. ¿Puedo lavar los platos antes de irme?

–No, de eso nada. Para eso está el lavavajillas.

–Bueno, como quieras.

–¿Te apetece un café? Mi máquina no es tan buena como la tuya, pero no está mal.

Tamsyn negó con la cabeza.

–No, quiero levantarme temprano mañana. Pero gracias por la cena, de verdad.

–De nada. Lo he pasado muy bien.

Demasiado, pensó Finn, llevándose su mano a los labios.

–Yo también –dijo ella, poniéndose colorada.

Desconcertada, no hizo ningún esfuerzo por apartarse y Finn hizo lo que le parecía más natural: besarla. En cuanto sus labios se rozaron se olvidó de todo lo que había pensado de ella y se perdió en su aroma, en su suave piel, en el calor de esos labios que eran como pétalos de flores.

Aunque el deseo exigía que la besara apasionadamente, la voz de la razón le advertía que debía apartarse… pero no lo hizo, y cuando ella entreabrió los labios, aprovechó la oportunidad.

Sintió que temblaba cuando la aplastó contra su torso. El beso se volvió apasionado, ardiente.

Tamsyn le envolvió los brazos en la cintura y Finn tuvo que contener un gemido de satisfacción. Era tan dulce que sería adicto para siempre.

Los dos estaban temblando cuando por fin se apartó, aunque aquel beso no era suficiente. Nunca sería suficiente, pero sabía que no debía asustarla. Tendría que esperar a que ella estuviese dispuesta.

Las pupilas se le habían dilatado y sus labios estaban ligeramente hinchados por la intensidad del beso.

–Tengo… tengo que irme.

–Sí, lo sé.

Finn le tomó la mano para acompañarla al coche y esperó mientras se sentaba tras el volante, en silencio. Sin decir nada, Tamsyn se despidió con la mano antes de arrancar.

Mientras veía las luces de los faros desapareciendo por el camino, se preguntó cómo era posible que unos días antes hubiese querido perderla de vista.

Tamsyn no recordaba el viaje de vuelta a la casa, tan alterada estaba. Solo había sido un beso. Un beso normal entre dos adultos que se gustaban.

Entonces, ¿por qué estaba tan desconcertada? ¿Cómo un simple beso se había vuelto tan intenso, tan complicado, tan cargado de sentimientos?

Todo el cuerpo le vibraba. Había esperado que le diese un beso en la mejilla, pero debería haber imaginado que un hombre como él no haría eso. No, Finn la había besado apasionadamente y era como si el suelo se le hubiera abierto bajo los pies. Ningún beso de Trent le había hecho sentir eso.

Y cuando se apartó, había sentido como si perdiese el equilibrio, como si no fuera la misma persona de antes. Había visto la tormenta en sus ojos, unos ojos que se habían oscurecido hasta parecer una nube de tormenta. Le alegraba saber que Finn había sentido lo mismo, que la deseaba tanto como ella a él. Era como un bálsamo para su dolorido corazón.

Pero le sorprendía reconocer que si hubiera sugerido seguir adelante y hacer algo más que besarse, ella habría aceptado.

Detuvo el coche frente al garaje y se quedó sentada, pensando en lo que había ocurrido. ¿Qué iban a hacer a partir de ese momento? Apenas se conocían y, sin embargo...

Tamsyn dio un respingo cuando una sombra oscura cayó sobre el capó del coche.

–¡Lucy! Qué susto me has dado –la regañó, saliendo del coche para tomar al animal en brazos.

Una vez en el interior de la casa, le puso comida y agua y entró en su dormitorio, sin dejar de darle vueltas a lo que había pasado. No podría dormir, estaba segura.

El móvil le empezó a sonar y lo sacó del bolso, sorprendida. ¿Quién podía llamarla a esa hora?

–¿Sí?

–Soy yo, Finn. Solo quería comprobar que habías llegado bien a casa.

Ella sonrió para sí misma.

–He llegado, sí. Y gracias otra vez por la cena, lo he pasado muy bien –Tamsyn vaciló un momento–. Lo he disfrutado todo.

–Yo también –dijo él–. Por cierto, me he quedado con tu ensaladera. ¿Quieres que te la lleve mañana?

A Tamsyn le dio un vuelco el corazón. Estaba deseando volver a verlo.

–Estaré en casa después de la una.

–Entonces, me pasaré por allí a esa hora. Buenas noches.

–Buenas noches –se despidió Tamsyn con desgana porque le gustaría seguir charlando un rato.

Se sentía como una adolescente esperando que él cortase la comunicación porque ella no pensaba hacerlo. Finn lo hizo y, por fin, dejó el teléfono sobre la mesilla, suspirando.

Más tarde, entre las sábanas con olor a lavanda, acariciando distraídamente a Lucy, recordó todo lo que había pasado esa noche.

El beso había encendido una pasión que había temido no sentir nunca. Una pasión que Finn parecía sentir también. Y saber eso la hacía sentir más atractiva que nunca.

Intentó pensar en algo que no fuese Finn Gallagher, pero era incapaz. Si un solo beso la intranquilizaba de ese modo, ¿qué pasaría si hicieran el amor?

¿O tal vez debería preguntarse a sí misma qué pasaría cuando hicieran el amor?

Capítulo Cinco

Tamsyn durmió profundamente y llegó al pueblo temprano. Había esperado no pegar ojo en toda la noche pero, por lo visto, una buena cena y el beso de un hombre atractivo eran capaces de espantar todos sus demonios.

Debería hacerlo más a menudo, pensó, sin poder evitar una sonrisa.

Aparcó cerca de la biblioteca y se dirigió a la puerta, decidida a hablar con Miriam. Mientras subía los escalones de la entrada varias personas ser volvieron para mirarla, algo a lo que empezaba a acostumbrarse. Tal vez siempre trataban así a los recién llegados.

Una mujer mayor, con el pelo de un curioso color azul pálido, estaba sellando unos libros en el mostrador y Tamsyn se acercó con una sonrisa en los labios.

–Perdone, estoy buscando a Miriam. Me envía Gladys.

–Ah, tú debes ser la nueva coordinadora de actividades –dijo la mujer, sus pálidos ojos azules brillando tras unas lentes rosas.

–Sí, bueno, solo temporalmente. ¿Es usted Miriam?

–Sí, soy yo. ¿En qué puedo ayudarte? ¿Buscas un título en concreto?

–No, en realidad estoy buscando a mi madre, Ellen Masters. He pensado que tal vez encuentre su dirección en el censo electoral.

–¿El censo electoral? ¿Gladys te ha enviado aquí para eso?

–Sí –respondió Tamsyn.

Miriam se mordió los labios.

–El censo electoral ya no está aquí. Solía estar en la oficina de correos, pero cerró hace años porque ya nadie escribe cartas. Lo mejor es que vayas a Blenheim o incluso a Nelson. ¿Cuál dices que es el nombre de tu madre?

–Ellen Masters. ¿Le suena?

Tamsyn contuvo el aliento, esperando que Miriam dijese: «Por supuesto que sí». Pero sus esperanzas se hundieron cuando la mujer negó con la cabeza.

–No, lo siento, no conozco a nadie con ese nombre.

–Bueno, gracias de todas formas.

–De nada. Y buena suerte con los ancianos.

–¿Cree que la necesitaré?

–Pueden ponerse muy difíciles... bueno, la mayoría lo son siempre. Y será mejor que te des prisa. No querrás llegar tarde el primer día.

Estaba bromeando, por supuesto. Los mayores no eran difíciles sino encantadores. En silla de ruedas o con andador, eran unos donjuanes incorregibles y a las doce y media había recibido tres ofertas de matrimonio y varias para ir a bailar. Pero todo era de broma y mientras charlaba con Gladys se sintió parte de algo que merecía la pena.

Su vida se había vuelto tan superficial, pensó mientras se despedía. Había perdido el contacto con las cosas sencillas, las que hacían que uno se sintiera valioso y valorado. En Los Masters, su trabajo se había convertido en una tarea aburrida que consistía en organizar la mayor cantidad posible de eventos y complacer a los clientes.

Incluso eventos que deberían ser importantes habían perdido su valor y humanidad porque todo era tan elaborado, tan falso. Su trabajo había dejado de satisfacerla mucho tiempo atrás.

Aquel día, sin embargo, le había recordado que con un pequeño esfuerzo y un poco de atención, las cosas podían ser diferentes. Al día siguiente iría a Blenheim de nuevo para buscar el maldito censo electoral y, si no tenía suerte allí, iría a Nelson.

Una vez en el coche, sacó el móvil del bolso para comprobar si tenía algún mensaje. Y allí estaba, un correo de su hermano confirmando la dirección que les había dado el abogado de su padre.

Tamsyn suspiró, golpeando el volante con los dedos. Era como si estuviera dando vueltas en una rueda, sin llegar a ningún sitio. Si Finn Gallagher supiera algo de su madre se lo habría dicho, ¿no? ¿Por qué iba a mentirle? No tenía sentido.

Cuando llegó a la casa y vio a Finn, con un pantalón vaquero y unas botas de goma, empujando la cortacésped se quedó sorprendida.

Había guardado en bolsas las montañas de malas hierbas que ella había cortado el día anterior. Y le encantaba el olor a hierba recién cortada, pero no tanto como el hombre que tenía delante.

Sintió un cosquilleo entre las piernas al ver su musculosa espalda cubierta de sudor… y cuando Finn se dio la vuelta y paró el motor de la cortacésped para saludarla tuvo que hacer un esfuerzo para hablar.

–Hola.

El efecto de su sonrisa la hizo tragar saliva.

–Hola, Finn.

–Había venido a traerte la ensaladera. La he dejado en el porche.

–Ah, muy bien.

–Pero como no tenía nada que hacer, he pensado darte una sorpresa cortando la hierba del jardín.

La había sorprendido, eso desde luego.

–Debes tener… mucho calor –consiguió decir, sintiendo que ese calor se le contagiaba.

–No me importaría tomar un trago de agua fresca.

–Voy a buscar un vaso.

Tamsyn fue a la cocina, más como medida de precaución que otra cosa. Llenó una jarra de agua, estrujó un limón y echó unos hielos antes de colocarlo todo en una bandeja para salir al porche.

–Toma –dijo, ofreciéndole un vaso.

–Gracias –murmuró Finn.

Tamsyn estaba como hipnotizada por el movimiento de los músculos de su garganta y tuvo que hacer un esfuerzo para apartar la mirada.

–¿Quieres más?

¿Esa era su voz? ¿Ese sonido estrangulado?

–Me has leído el pensamiento –respondió Finn.

Afortunadamente, él no podía leer los suyos, pensó Tamsyn mientras le servía otro vaso de agua. ¿Pero entonces qué podía hacer? ¿Mirarle los hombros, los oscuros pezones planos? O tal vez podía mirar la gota de sudor que se deslizaba por esos perfectos abdominales hasta la cinturilla del pantalón.

Necesitaba un vaso de agua bien fría, pensó, llenando su vaso.

–¿Qué tal tu primer día de trabajo? –le preguntó Finn, apoyando una cadera en la barandilla.

–Bien. Las mujeres eran muy agradables, aunque al principio parecían un poco recelosas, y los hombres son todos unos donjuanes.

–¿No te han asustado?

–No, no, haría falta algo más que eso para asustarme. Cuando me comprometo a algo, me gusta ir hasta el final.

–Me alegra saberlo –dijo Finn, dejando el vaso sobre la barandilla y concentrando en ella la mirada.

Tamsyn tragó saliva. Sabía que ya no estaban hablando de su trabajo con los mayores y sintió que se le erizaba el vello de los brazos. Si reaccionaba así con una simple mirada, ¿qué sentiría cuando la tocase?

Estaba deseando averiguarlo.

–Bueno, será mejor que termine de cortar la hierba –la voz de Finn rompió el hechizo–. Me marcho esta noche y estaré fuera hasta el viernes por la tarde. ¿Crees que podrás estar sola hasta entonces?

–Sí, claro –Tamsyn sonrió para esconder su desilusión–, así tendré tiempo para seguir con las pesquisas sobre mi madre.

¿Era su imaginación o la expresión de Finn se había oscurecido? No, tenía que ser efecto de la luz o que el sol se había escondido momentáneamente tras una nube.

–¿Cómo va eso? –le preguntó él.

–No muy bien, la verdad –respondió Tamsyn, intentando ordenar sus pensamientos–. Pero mañana iré a Blenheim para ver si encuentro el censo electoral. Lo que no entiendo es por qué el abogado de mi padre está seguro de que tu dirección es la dirección de mi madre. Dice que es ahí donde enviaba los cheques. No me estarás escondiendo nada, ¿verdad?

–Te aseguro que yo no escondo a nadie en mi casa –respondió él, extrañamente serio.

–No quería ofenderte –se disculpó Tamsyn, poniéndole una mano en el brazo.

Pero Finn se apartó.

–No me has ofendido –replicó él, con brusquedad–. Bueno, voy a seguir cortando la hierba antes de volver a casa. Guardaré la cortacésped en el garaje antes de irme.

—Gracias por todo.

—De nada —dijo Finn, mientras bajaba los escalones del porche.

¿Por qué se había puesto tan serio de repente?, se preguntó Tamsyn. Era evidente que estaba bromeando al preguntar si le escondía algo…

¿Le escondía algo? No, imposible. ¿Por qué iba a negar que su madre hubiera vivido allí?

No entendía nada, pero con su ayuda o sin ella iba a descubrir dónde estaba Ellen Masters.

Finn empujaba la cortacésped por el jardín irritado consigo mismo, con Tamsyn, con Lorenzo, con el mundo entero. Era una locura que se alojara en casa de los Fabrini porque tarde o temprano descubriría la verdad, pero Lorenzo insistía en que no le contase nada…

Tenía suerte de que los vecinos del pueblo fueran tan protectores como él. Por el momento, nadie había hablado de más, pero cada día que pasaba era un riesgo. Cada vez que iba al pueblo había más posibilidades de que alguien le hablase de su madre.

¿Y si por alguna razón lograba entrar en la habitación cerrada con llave? Había puesto un buen candado, pero le inquietaba pensar que solo una puerta separase a Tamsyn de esos secretos.

Iba a llevarse un enorme disgusto cuando descubriese la verdad… y lo culparía a él. Lorenzo le había colocado en una situación imposible y pensaba hablar con él al día siguiente, cuando fuese a Wellington.

Tenía que reunirse con uno de sus socios en la capital, pero también pensaba ir al hospital a ver a Ellen. Quería comprobar por sí mismo si sería capaz de soportar la visita de una hija a la que no había visto en veinticinco años.

Intentaba no pensar en lo que le había pasado a su madre, pero no podía evitarlo. Tras la muerte de su padre, el estado mental de su madre era muy frágil y, al recibir la visita de su hijo, había perdido la cabeza del todo. Y Finn, que entonces tenía doce años, se había sentido responsable porque sabía que verlo a él, una versión joven de su padre, había sido insoportable para ella.

No podía dejar que eso le pasara a Ellen. No podía dejar que eso le ocurriera a su segunda madre, pero tampoco quería hacerle daño a Tamsyn.

Finn terminó de cortar la hierba y, después de guardar la cortacésped en el garaje, se puso la camiseta. Se había dado cuenta de cómo le miraba Tamsyn y si no hubiera decidido ir de puntillas con ella, podría haber hecho algo al respecto, pero esa pregunta, si estaba escondiendo algo, le había hecho dar marcha atrás.

Porque le estaba escondiendo a su madre y no sabía cómo justificarlo. Finn pensó en su viaje a Wellington y en las decisiones que tendría que tomar después de ver a Ellen.

Y en la discusión que tendría con Lorenzo después de eso.

El viernes le pareció interminable. Tamsyn se sentía sola desde que Finn se marchó, sobre todo porque se habían despedido en términos poco amistosos, aunque esperaba rectificar eso aquel día. Le había dejado un mensaje diciendo que le invitaba a cenar, pero le temblaba un poco la voz mientras dejaba el recado en el contestador.

El viaje del día anterior a Blenheim había sido otra pérdida de tiempo y el de aquel día a Nelson lo mismo. Estaba empezando a pensar que su madre no había vivido allí en absoluto.

Resultaba difícil no rendirse y volver a casa, pero se recordó a sí misma que solo habían pasado siete días desde que llegó a Nueva Zelanda. Aún era demasiado pronto para rendirse. Tal vez necesitaba la ayuda de un investigador y, en realidad, sería lo más sensato. La semana siguiente buscaría uno, decidió.

Pero, no sabía por qué, le costaba encargarle la búsqueda a otra persona. Aquella era su misión, necesitaba encontrar a su madre. Su padre le había robado el derecho a conocerla, Trent le había robado el derecho a la felicidad en su relación...

Durante toda su vida se había esforzado en complacer a hombres que, al final, habían elegido lo que era mejor para ellos mismos, sin pensar en sus sentimientos.

¿Y dónde dejaba eso a Finn?

Tamsyn se dejó caer en un sillón para mirar por la ventana. Lucy, como siempre, estaba sentada en el alféizar, con los ojos cerrados.

Finn no le había hecho ninguna promesa, sencillamente estaba ahí, disponible… salvo en los últimos dos días. No la había presionado cuando la besó el martes, un beso que seguía reviviendo cada noche, cuando se iba a la cama. Intentó hacer ejercicio para cansarse, pero no servía de nada. Ni siquiera los baños calientes lograban tranquilizarla.

Tamsyn cerró los ojos, intentando relajarse. Fuera podía oír el canto de los pájaros y el zumbido de las abejas y no tardó mucho en quedarse dormida.

Pero se despertó sobresaltada una hora después cuando le sonó el móvil. ¿Dónde lo había dejado? Tambaleándose, fue a buscar el bolso.

—¿Sí? —murmuró, medio dormida, cuando logró localizarlo.

—¿Te he despertado?

La voz de Finn hizo que se despertase del todo.

—Estaba echándome una siesta —le confesó.

—Ah, qué suerte.

—No te creas, tengo una contractura en el cuello.

—Tal vez yo pueda ayudarte —dijo él—. Tengo buenas manos.

Tamsyn sintió que le ardía la cara. Seguro que tenía buenas manos, con esos dedos tan largos… le temblaron las rodillas al pensarlo.

—He escuchado tu mensaje y sí, me encantaría

que cenásemos juntos esta noche. ¿Qué quieres que lleve?

–¿Qué tal una botella de vino de esa impresionante colección tuya? –sugirió Tamsyn–. Blanco, si es posible. Voy a hacer un plato de pollo, nada demasiado original.

Era una de las pocas cosas que sabía hacer porque en Los Masters siempre había habido buenos cocineros; algo que echaba de menos cuando fue a la universidad y tuvo que arreglárselas sola.

–Cualquier cosa que no tenga que hacer yo me parece genial –dijo Finn–. ¿A qué hora quieres que vaya?

–¿A los ocho te parece bien?

–Perfecto. Nos vemos entonces.

Finn cortó la comunicación y Tamsyn se quedó mirando el móvil como si fuera una adolescente. Pero eran las cuatro y tenía que ponerse a trabajar, de modo que entró en la cocina y sacó dos pechugas de pollo del congelador para meterlas en el microondas.

Decidió hacer un aliño de limón, estragón y pimienta. Luego sacó unas vieiras del congelador, que puso en otro plato a descongelar y tapó con un paño por si Lucy sentía la tentación de probarlas.

Unas patatas cocidas, aliñadas con mantequilla y perejil, y unos espárragos verdes serían un acompañamiento perfecto para el pollo.

¿Y si no le salía bien? Finn le había hecho una cena muy rica unos días antes y quería impresionarlo.

Tamsyn se detuvo un momento, insegura. ¿Qué quería demostrar? ¿Tan desesperadamente necesitaba la aprobación masculina?

Suspirando, salió de la cocina y se dejó caer en los escalones del porche. Tenía que dejar de definirse por los hombres de su vida.

Había invitado a Finn a cenar porque le gustaba su compañía y, francamente, le gustaba cómo la hacía sentir. Quería saber si eso podría llevarlos a algún sitio, pero nada más.

Disfrutarían de una agradable cena y lo que pasara después... bueno, pensó, levantándose de nuevo, pasaría lo que tuviera que pasar.

Volvió a la cocina y sacó el pollo del microondas para echarle el aliño antes de meterlo en el horno. Tenía el primer plato, ¿pero qué iba a servir de postre?

Tamsyn abrió la nevera para estudiar su contenido. ¿Queso y galletas saladas? En fin, tendría que valer. ¿Pero y antes del pollo? ¿Qué podía servir como aperitivo? Verduras crudas con una salsa, decidió, sacando zanahorias, apio y pimientos.

Tardaría un minuto en hacer la salsa, de modo que no era un problema.

¿Y qué iba a ponerse? Lo pensó un momento y se decidió por la falda que había comprado el día anterior en la boutique. Otra prenda de la misma diseñadora que el vestido. Era cara, pero el estampado y el corte eran perfectos. Se la pondría con una blusa de punto y unas bailarinas que había comprado en Nelson.

Satisfecha, fue al salón para ordenarlo un poco. Aunque no demasiado, como si la visita de Finn no tuviera importancia.

Sacó un juego de sábanas del armario. Quería estar preparada para cualquier eventualidad.

Finn llegó a la casa y quitó la llave del contacto. La reunión con su socio en Wellington había ido bien, pero no así la visita al hospital. Por primera vez, Ellen no lo había reconocido. Era algo que había esperado, pero no estaba preparado para ello y le dolió más de lo que hubiera podido imaginar.

La realidad era que a Tamsyn apenas le quedaba tiempo para reencontrarse con su madre y él se sentía entre la espada y la pared. Lorenzo insistía en que no dijera nada...

Y, en cierto modo, lo entendía. Ellen ya no era la madre que Tamsyn esperaba encontrar. Ya no podría responder a ninguna pregunta... y tal vez sería mejor para todos que siguiera creyendo que había muerto.

Lorenzo estaba siempre a su lado, constantemente alerta, esperando el momento en el que su cerebro volvía a funcionar con normalidad... aunque esos momentos eran cada día más fugaces.

Finn sabía que Tamsyn tenía derecho a ver a su madre, ¿pero y si verla enviaba a Ellen a un precipicio del que no pudiera salir? No, no podía hacerle eso.

Detuvo el coche al final del camino e intentó

calmarse un poco. Tal vez no debería haber aceptado la invitación porque dudaba que fuese buena compañía para nadie, pero en cuanto escuchó la voz de Tamsyn en el contestador supo que no podía negarse a sí mismo ese placer.

Tomó la hielera con las botellas de vino y el ramo de tulipanes que había comprado. Las flores, de un color rosa suave, le recordaban a ella… no sabía por qué, tal vez porque los pétalos eran un escudo perfecto cuando se abrían para recibir el sol. Tamsyn era así. Se escondía del mundo y, sin embargo, florecía al recibir afecto.

Cerró la puerta del coche con la cadera y se dirigió a la casa, deseando volver a verla. Tamsyn abrió la puerta antes de que llamase y, al verla, se quedó sin oxígeno. Llevaba el pelo sujeto en una especie de moño alto que dejaba al descubierto su largo cuello. Tenía un aspecto tan femenino y frágil que sus hormonas masculinas lo hacían querer ser su caballero andante, su protector.

Finn tragó saliva. Ninguna mujer lo había hecho sentir así, tan desesperado. La sensación era primitiva y, sin embargo, lo llenaba de felicidad.

–¿Las flores son para mí?

–Sí, espero que te gusten.

–Me encantan, muchas gracias.

Cuando pasó a su lado le llegó su perfume, sutil como ella. Como la manera en la que se metía en su psique, con un sensual hechizo lleno de promesas.

–Voy a poner las flores en agua. ¿Quieres que lleve el vino a la cocina?

–No, déjalo, lo haré yo –respondió Finn, sintiéndose como un adolescente.

Se había hecho algo especial esa noche. No sabía si era el brillo en los labios lo que hacía que quisiera besarla sin esperar un segundo más... además, irradiaba confianza. Estaba en su sonrisa, en su forma de caminar. Le gustaba, pensó; le gustaba mucho.

Finn abrió la botella de vino espumoso y guardó la segunda, un *sauvignon blanc*, en la nevera.

–¿Vamos a celebrar algo? –le preguntó Tamsyn.

–Es un vino muy bueno. Se hace aquí, en Marlborough, desde los años ochenta. Pruébalo –la animó él, ofreciéndole una copa.

–No puedo hacerlo sin brindar –dijo ella–. Brindemos por los nuevos amigos.

A Finn le gustó el brindis, aunque lo que sentía por Tamsyn iba más allá de la amistad.

–Por los nuevos amigos.

Cuando sus ojos se encontraron, Finn pensó que nunca podría volver a beber aquel vino sin pensar en ese momento, en ella.

–Está muy rico –dijo Tamsyn, dejando la copa sobre la encimera para tomar el jarrón–. ¿Puedes llevar mi copa? Necesito las dos manos para llevar esto.

Era tan atractiva por detrás como por delante, pensó él, observando el movimiento de sus caderas bajo la falda, que parecía acariciarle los muslos. Nunca antes había sentido envidia de una falda... era una sensación extraña para él.

De hecho, no podía decir que sus sentimientos por Tamsyn fuesen normales. Le consumían, le obsesionaban, le invadían la concentración y turbaban sus sueños.

–¿Verduras como aperitivo?

Tamsyn le ofrecía una bandeja con verduras cortadas en daditos y una de esas salsas que a las mujeres les gustaban tanto.

–Son muy sanas. ¿No te gustan?

La salsa sabía a ajo, limón, perejil… y a algo más, no sabía bien qué, pero estaba muy rica.

–Sí, me gustan.

–¿Qué tal el viaje? –le preguntó Tamsyn, sentándose en el sofá y poniendo los pies sobre el asiento.

Finn se sentó en un sillón, frente a ella, porque no confiaba en sí mismo.

–Bien. Wellington es una ciudad muy bonita.

–¿Y el asunto que te llevó allí ha ido bien?

–Sí, muy bien.

–Pero te pasa algo, ¿verdad? Pareces… no sé, preocupado. ¿Ocurre algo?

Demonios, ¿cómo podía haberse dado cuenta? Finn decidió que acercarse lo más posible a la verdad era mejor que contar un montón de mentiras que luego no recordaría.

–Fui a ver a una amiga al hospital y es triste ver que no se encuentra bien.

–Ah, lo siento –dijo Tamsyn.

–Gracias.

Finn tomó un largo trago de vino espumoso

para no dar más detalles y, como si supiera que no quería seguir hablando de ello, Tamsyn cambió de tema y le contó lo que había estado haciendo esos días. Para él fue un alivio saber que seguía sin localizar a Ellen, aunque al mismo tiempo se sentía culpable.

Durante la cena, charlaron de temas mundanos. Tamsyn era divertida y cuando sirvió el queso y las galletas después de cenar, Finn se sentía un poco más relajado. Debido en parte al vino, pero sobre todo a su compañía.

–No sabía que fueras tan buena cocinera –le dijo, mientras se dejaba caer en el sofá.

–Este pollo es lo único que sé hacer, no te hagas ilusiones. ¿Me pasas una galleta?

Finn le dio la galleta y se la llevó a los labios; el roce le provocó una cadena de reacciones que apenas podía controlar.

–¿Más? –le preguntó, sin dejar de mirarla a los ojos.

–Sí, por favor –respondió ella–. Más.

Finn tuvo que tragar saliva. Esperaba que quisiera decir lo que él creía que quería decir. Volvió a ofrecerle una galleta y Tamsyn le sujetó la muñeca mientras entreabría los labios, haciendo que estuviese a punto de explotar.

Cuando la mordió, un trocito de galleta le cayó en el escote y, sin perder un momento, Finn inclinó la cabeza para lamerlo.

Sabía a luz de sol, a calor, a verano, a mujer. Y él estaba hambriento. Trazó el nacimiento de sus pechos con la lengua, oyéndola gemir, notando que apoyaba la cabeza en el respaldo del sofá. Sin decir una palabra, empezó a besarle el cuello, apretando los labios sobre las delicadas clavículas.

Sus gemidos de placer lo animaban y siguió hacia arriba, besándole la barbilla hasta que, por fin, capturó su boca una vez más. Y Tamsyn le devolvió el beso, toda su energía concentrada en el punto en el que sus labios se fundían.

Pero no era suficiente, nunca sería suficiente.

Finn levantó la blusa, dejando al descubierto la curva de su abdomen y sus pechos bajo el sujetador...

Y aun así, quería más.

Tamsyn se sentía frustrada por la barrera de la ropa. Quería sentirlo por todas partes... como nunca había sentido antes a un hombre, y empezó a desabrocharle la camisa con dedos temblorosos e impacientes.

Por fin podía hacer lo que había querido hacer desde que lo conoció y le deslizó las manos por el ancho torso, sus dedos rozando los diminutos pezones masculinos. Como respuesta, sintió que Finn le clavaba los dientes en el cuello; un mordisco suave, pero ardiente, que la hizo sentir un cosquilleo entre las piernas.

–Eres tan preciosa –murmuró él, trazando los contornos del sujetador con la lengua.

¿Por qué se lo había puesto? El roce de sus

dientes por encima del encaje fue como una descarga eléctrica y los pezones se le endurecieron.

–Por favor… –murmuró, enredando los dedos en su pelo.

Sintió una ráfaga de aire frío cuando el sujetador cayó sobre el sofá, pero el ardiente aliento masculino la calentó de inmediato, el corazón latiéndole frenéticamente mientras anticipaba lo que estaba a punto de llegar. Y no se llevó una desilusión.

Cerrando los labios sobre un tenso pezón, Finn se lo metió en la boca para acariciarlo con la lengua, rozándolo con los dientes hasta que Tamsyn gimió de gozo. Luego hizo lo mismo con el otro, provocando la misma respuesta. Pero entonces se apartó y ella murmuró una protesta…

–Vamos al dormitorio.

Finn la tomó en brazos y Tamsyn se lo agradeció porque le temblaban las piernas.

Cuando llegaron al dormitorio, Finn la dejó en el suelo, pero ella le echó los brazos al cuello y se puso de puntillas para besarlo; un beso largo y profundo que no dejaba ninguna duda de lo que quería.

Fuera empezaba a oscurecer y Tamsyn se apartó para cerrar las cortinas. Aunque nadie vivía por allí, quería encerrarlos a los dos en aquel pequeño mundo que era solo suyo.

Finn se sentó en la cama para quitarse los zapatos y los calcetines mientras ella encendía las velas que había colocado por la habitación por si acaso la noche terminaba como estaba terminando.

–Ven aquí –dijo él entonces.

Tamsyn se colocó entre sus piernas, apoyando las manos en sus hombros, y Finn inclinó la cabeza para rozar uno de sus pezones con los labios.

–Voy a pensar que me estás seduciendo –bromeó.

--Y es cierto –asintió ella, riendo. Le gustaba que aun excitados pudiesen encontrar humor en la situación.

–¿Debería preguntarte cuáles son tus intenciones?

–Solo si eres lo bastante hombre como para escuchar la respuesta –bromeó Tamsyn, levantando las manos para quitarse las horquillas del pelo, una por una, hasta que la melena le cayó por los hombros.

Sonriendo seductoramente, echó las manos hacia atrás para desabrocharle la cremallera de la falda y la dejó caer al suelo, quedando solo con unas bragas de color café con leche.

La admiración que veía en sus ojos le dio fuerzas para seguir, unas fuerzas que no creía poseer.

Tamsyn le pasó las manos por el abdomen, subiendo hasta llegar a los pechos. Los ojos de Finn se habían oscurecido y lo vio temblar cuando le apretó los pezones entre el pulgar y el índice. Su mirada la excitaba, haciendo que sintiera un río de lava entre las piernas.

Finn empezó a quitarse el cinturón a toda prisa.

–Demasiada ropa –murmuró, con los dientes apretados.

En unos segundos se quitó vaqueros y calzoncillos a la vez, quedando desnudo, la erección asomaba orgullosamente entre un nido de rizado vello oscuro.

–¿Soy lo bastante hombre para ti? –preguntó, con una sonrisa en los labios.

Tamsyn le devolvió la sonrisa, moviéndose hacia delante para sentarse a horcajadas sobre él.

–Creo que servirás –murmuró, agarrando el miembro duro y caliente, acariciándolo desde la base hasta la punta hasta que Finn tuvo que cerrar los ojos.

Sin dejar de sonreír, Tamsyn buscó el sobrecito que había guardado bajo la almohada.

–Creo que estamos listos para dar el siguiente paso.

–Creo que tienes razón y veo que estás preparada –asintió él.

Tamsyn le puso un dedo en el torso.

–Soy organizadora de eventos, siempre estoy preparada para todo.

Finn iba a decir algo, pero se le atragantaron las palabras cuando ella empezó a ponerle el preservativo, desplegándolo hábilmente por su pene.

–¿Yo soy un evento? –le preguntó, con voz ronca.

–No –respondió Tamsyn, levantando las caderas para colocarlo frente a su entrada–. Pero los dos juntos sí lo somos.

Dejaron de bromear en cuanto lo sintió dentro, sus músculos internos expandiéndose para acomodarlo. Gimió de placer, incapaz de contenerse mientras la llenaba, mientras la completaba. Finn le agarró las caderas, vacilando un segundo antes de empujar de nuevo, pero Tamsyn se agarró a sus hombros mientras encontraban el ritmo, cada vez más rápido, hasta llegar a una cacofonía de sensaciones. Hasta que llegaron juntos al final, el placer envolviéndolos como una ola.

Finn cayó de espaldas en la cama y tiró de ella para colocarla sobre su torso. Tamsyn podía sentir los latidos de su corazón y los del suyo propio mientras él le acariciaba la espalda con una mano y con la otra la apretaba contra su torso como si no quisiera dejarla escapar. Aún podía sentirlo dentro de ella…

–Yo creo que este evento ha sido un éxito considerable –dijo Finn entonces.

Tamsyn rio, contenta. Nunca había tenido una relación así, en la que pudiese bromear mientras hacía el amor.

–Estoy de acuerdo –asintió, levantando la cabeza para darle un mordisco en la barbilla.

Finn se incorporó, apartándola suavemente.

–Voy a quitarme esto, ahora vuelvo.

Mientras iba al baño, Tamsyn admiró sus masculinas nalgas con una sonrisa en los labios. Debería levantarse o apartar el embozo para meterse en la cama. A menos que Finn quisiera irse…

Sintiéndose insegura de repente, se levantó para tomar el albornoz del respaldo de la silla.

–¿Qué ocurre? –preguntó Finn cuando volvió a la habitación.

–Nada –respondió ella.

–¿Lamentas lo que ha pasado?

–No, en absoluto. ¿Y tú?

–Yo tampoco. ¿Pero por qué tienes el ceño fruncido?

Finn le trazó el entrecejo con un dedo, obligándola a relajar los músculos.

–Porque no sé qué va a pasar a partir de ahora. Esto es… complicado.

–¿Tener una relación te parece complicado?

¿Eso era para él, una relación? Tamsyn sintió un diminuto destello de esperanza. Sabía que era demasiado pronto para pensar en embarcarse en una relación. Solo había pasado una semana desde que encontró a Trent con Zac en la cama. Una semana desde que le devolvió el anillo de compromiso y le dio la espalda a su antigua vida.

¿Pero por qué no iba a aprovechar aquella oportunidad? Debería agarrarla con las dos manos. Iba contra su cauta naturaleza hacer algo sin reflexionar, pero la última vez que fue cauta al elegir novio el resultado había sido desastroso. ¿Por qué no arriesgarse con Finn?

–Sí –respondió.

–Ya me lo imaginaba. ¿Quieres que me vaya?

–¡No, no! –la vehemente respuesta salió de sus labios antes de que Tamsyn pudiese controlarla.

–¿Entonces puedo quedarme?

–¿Tú quieres quedarte?

–Desde luego.

Finn la envolvió en sus fuertes brazos, el roce

de sus dedos hizo que sintiera un escalofrío. Cuando se inclinó para besarla fue una caricia suave, diferente a los besos apasionados que habían compartido unos minutos antes.

Tamsyn le deslizó una mano por la cintura, disfrutando de los duros músculos que eran suyos... por esa noche al menos. Aquello estaba bien, pensó. Y, recordándose a sí misma su previa promesa, decidió aprovecharlo todo lo posible.

Hicieron el amor despacio, tomándose su tiempo. Cada caricia medida al milímetro, cada beso interminable. Cuando entró en ella, Tamsyn sintió que todo estaba bien, y cuando llegó al clímax se dejó ir, sabiendo que estaba segura y a salvo en sus brazos.

Sabiendo que podía confiar en él.

Finn estuvo despierto casi hasta el amanecer, con Tamsyn durmiendo sobre su pecho, una pierna sobre las suyas. Nunca le había gustado dormir abrazado a una mujer, pero le gustaba hacerlo con ella. Tanto que no había querido malgastar un segundo durmiendo.

Tamsyn era tan vulnerable, tan inocente, que se sentía como un canalla por estar engañándola. Cuando descubriese la verdad no lo perdonaría y, sin la menor duda, la descubriría tarde o temprano.

Pero por el momento estaba entre sus brazos y tal vez, solo tal vez, después de haber cruzado ese puente encontraría la manera de guardar el secreto y seguir protegiéndola durante un tiempo.

Pensó entonces en lo que Tamsyn le había contado por la noche. Haber encontrado a su prometido en la cama con otro hombre debió ser devastador para ella. Su padre, su prometido... había sido traicionada por dos hombres en los que confiaba, de los que esperaba lealtad. Le ponía furioso pensar que su prometido había intentado restarle importancia al asunto, que incluso había sugerido seguir con la relación como si no pasara nada, como si ella no mereciese algo mejor.

Además, eso había ocurrido después de descubrir que la madre a la que creía muerta desde que era una niña en realidad estaba viva.

Tamsyn había ido allí para huir de las mentiras y las traiciones. Había ido para encontrar a su madre y descubrir la verdad. Y, en lugar de eso, se había encontrado con él, el maestro del engaño.

Se le encogió el estómago al pensar en el daño que iba a hacerle cuando descubriese la verdad...

Tamsyn dejó escapar un gemido en ese momento.

–¿Finn? –murmuró, desorientada.

–¿Estás bien?

–He tenido una pesadilla. No te encontraba.

–Estoy aquí –dijo él, apretándola contra su pecho–. Duérmete, no voy a moverme de aquí.

Por el momento, pensó, sintiendo que Tamsyn se relajaba de nuevo. ¿Pero durante cuánto tiempo estaría allí?

***

Tamsyn despertó sintiéndose extraordinaria-
mente alegre. Tanto que no podía borrar la sonrisa de sus labios. Había despertado después de las
nueve y no recordaba la última vez que durmió
hasta tan tarde. Bueno, tampoco recordaba la última vez que había pasado horas haciendo el amor,
pensó, estirándose perezosamente.

Cuando giró la cabeza para buscar a Finn, encontró sobre la almohada un papel con una rosa.

En la nota, él se disculpaba por no estar allí
cuando despertase y decía que había tenido que
irse urgentemente a una reunión. No volvería a
casa esa noche, pero esperaba verla el domingo.

Aunque Tamsyn lo echaría de menos, al menos
sabía que volverían a verse pronto. Suspirando, se
llevó la rosa a la cara para respirar su perfume,
emocionada por el detalle.

Las inseguridades de la noche anterior habían
desaparecido. Jamás pensó que le contaría a alguien que no fuera su hermano lo que había pasado con Trent, pero confiárselo a Finn había sido
catártico.

Él la había escuchado sin decir nada y después
le había hecho el amor una vez más, como si fuera
la criatura más maravillosa del planeta, borrando
cualquier duda que pudiese tener sobre su atractivo o su feminidad.

Era un amante experto y la había hecho sentir

emociones que no había sentido nunca y que deseaba repetir lo antes posible. Con un poco de suerte, en veinticuatro horas.

Durante la semana siguiente comieron juntos a menudo y compartieron cama cada noche. Por primera vez desde que descubrió que su madre vivía, la necesidad de encontrarla ya no era tan imperiosa. Seguía deseando localizarla, pero conocer mejor a Finn era una actividad muy interesante.

Tal vez estaba escondiendo la cabeza, pensó. Su madre había elegido no ser parte de su vida muchos años atrás y tal vez no quería ser encontrada. Tenía que enfrentarse con esa realidad.

Pero, por el momento, la vida era estupenda, pensaba mientras hacía la cena el viernes siguiente, sola porque Finn había tenido que ir a otra reunión en Wellington.

Había estado distraído en los últimos días y Tamsyn tenía la impresión de que algo le preocupaba, pero cuando le preguntaba él decía que todo estaba bien.

El cielo había estado encapotado todo el día y el viento era tan fuerte que tuvo que cerrar las ventanas.

–Vamos a estar solas esta noche, Lucy. Tendrás que hacerme compañía cuando empiecen los truenos.

Si el tiempo iba a peor tendría que meter las gallinas en el corral, pensó entonces. No le apetecía mucho, pero seguramente podría tentarlas con un poco de pienso.

Después de cenar, estaba metiendo a la gallina más rebelde en el corral cuando empezaron a caer las primeras gotas. Y, como si esa fuera la señal, de repente empezó a llover a cántaros. Tamsyn corrió hacia la casa y entró empujada por una ráfaga de viento.

–¡Uf, qué barbaridad! –exclamó, secándose la cara con un paño de cocina. Solo llevaba fuera unos segundos, pero estaba empapada. Un baño caliente la reanimaría, pensó.

Unos minutos después se metía en la bañera, dejando escapar un suspiro de satisfacción. Con una copa de vino en la mano, se disponía a leer una buena novela cuando las luces empezaron a parpadear.

–Oh, no –murmuró, mirando a Lucy, que estaba tumbada en el suelo del baño–. Eso no promete nada bueno…

Acababa de terminar la frase cuando se fue la luz. Tamsyn se incorporó en la bañera, esperando que volviese, pero esperó en vano. En fin, el apagón sería una excusa para irse a la cama temprano.

Durmió mal, el sueño puntuado por el retumbar de los truenos y el ruido de la lluvia golpeando las ventanas. Ni siquiera metiendo la cabeza bajo el edredón podía ahogar el ruido.

Menuda noche había elegido Finn para estar fuera, pensó, un poco asustada. Incluso Lucy la había desertado para buscar refugio bajo la cama.

Un trueno retumbó entonces con tal fuerza que pensó que había reventado los cristales de las ventanas. ¿Debería ir a ver si había algún daño en el tejado? Otro relámpago, seguido de un trueno brutal, le advirtió que sería una estupidez salir de la casa en ese momento. De modo que metió la cabeza bajo la almohada. Lo haría al día siguiente.

Por la mañana, como solía ocurrir después de una tormenta, el cielo estaba limpio de nubes y prometía ser un día precioso. Afortunadamente, había vuelto la luz y Tamsyn pudo hacerse el desayuno, esperando que la cafeína la despertase. Cuando terminó de desayunar, tomó un par de botas de goma y salió a inspeccionar.

Por la ventana de la cocina había visto que la tormenta había provocado algunos daños: flores rotas, ramas tiradas, tomateras aplastadas...

Pero cuando salió al porche vio que la rama de un árbol había roto el cristal de una ventana y la persiana colgaba precariamente de un lado, moviéndose con la brisa. Y era la habitación que estaba cerrada con llave.

Tendría que llamar a alguien para que fuese a reemplazar los cristales, pero mientras tanto podía colocar unas tablas.

Estaba a punto de ir al cobertizo para buscarlas cuando el viento movió la persiana y Tamsyn vio una fotografía enmarcada en la pared. Sorprendida, guiñó los ojos para enfocar mejor. El rostro de la mujer de la foto le resultaba familiar...

De hecho, tan familiar como el rostro que veía cada mañana frente al espejo.

Tamsyn sintió que una gota de sudor frío le corría por la espalda. Tenía que acercarse para comprobar que aquello no era cosa de su imaginación. Saltando por encima del alféizar, entró en la habitación, con cuidado para no cortarse con los cristales.

Estaba llena de cajas y sobre la cómoda había varias fotografías enmarcadas que seguramente habrían adornado la casa hasta que sus propietarios se marcharon.

Ignorando el ruido de cristales rotos bajo sus pies, Tamsyn cruzó la habitación y tomó la fotografía. Era como mirarse en un espejo…

Sintió un escalofrío mientras estudiaba a la mujer de la foto, comparándola mentalmente con la fotografía de boda de su madre. Se parecían muchísimo. Tenía unos almendrados ojos de color castaño oscuro, como los suyos, pero en lugar de ser alegres los de ella eran unos ojos tristes.

A su lado había un hombre de pelo castaño claro y piel bronceada que la miraba con expresión orgullosa. No sabía quién era… pero estaba segura de saber quién era la mujer.

Tamsyn abrió una de las cajas y la encontró llena de álbumes de fotos, todos colocados por fechas. Con manos temblorosas, eligió uno fechado tres años después de que su madre se fuera de Los Masters y, dejándose caer al suelo, empezó a pasar las páginas. Con cada fotografía que veía la certeza aumentaba…

Había varias fotografías de una niña rubia de unos dos o tres años, con los mismos ojos castaños de su madre. Parecía una niña feliz y siempre tenía lápices de colores en las manos o estaba vistiendo a alguna muñeca.

Tamsyn pasó otra página y se quedó sin oxígeno. Parpadeó varias veces para centrar la mirada, incapaz de creer lo que estaba viendo.

Porque allí, delante de ella, estaba la mujer a la que creía su madre con un niño de unos doce años. Un niño de pelo castaño y ojos grises.

Un niño que se parecía mucho a Finn Gallagher.

¡Finn Gallagher conocía a su madre!

Le había mentido desde el primer día, pensó, desconcertada, herida y furiosa al mismo tiempo. ¿Cómo se atrevía? Él sabía que estaba buscando a su madre y, sin embargo, no le había dicho que la conocía. De hecho, delibera y calculadoramente le había dicho que Ellen Masters no vivía allí.

Tamsyn cerró el álbum y se levantó, sin saber qué hacer. Pero el ruido de un coche por el camino le dio la respuesta. Solo podía ser una persona.

Finn estaba en el porche, recién afeitado, con un traje de chaqueta de color gris pálido, camisa blanca y corbata.

–Me han dicho que anoche hubo tormenta. ¿Todo bien? Estás un poco pálida…

Tamsyn le clavó un dedo en el torso.

–¡Lo sabías! –exclamó, incapaz de contener su ira–. ¡Lo sabías y has estado mintiéndome! ¿Por qué?

Durante un segundo, Finn pareció a punto de negar la acusación, pero de repente los ojos se le volvieron fríos como el hielo.

–No te he mentido.

–¿Cómo que no? Me has ocultado la verdad cuando podrías haberme dicho desde el primer día dónde podía encontrar a mi madre. Has hecho que confiase en ti para tenerme engañada.

–Te dije que Ellen Masters no vivía en la casa y es la verdad.

–Pero no me dijiste que la conocías –Tamsyn tenía que hacer un esfuerzo para no llorar–. Seguro que lo has pasado en grande. Menuda broma. Tamsyn Masters viviendo en casa de su madre sin saberlo. Supongo que todo el pueblo lo está pasando en grande a mi costa.

El silencio de Finn se lo dijo todo.

–¿Cómo has podido hacerme esto? –le preguntó, con voz entrecortada, la furia dando paso a una horrible tristeza.

–¿Cómo lo has descubierto?

–¿Eso es todo lo que vas a decir?

Finn siguió mirándola, en silencio. El amante generoso del día anterior no se parecía nada al hombre frío que tenía delante.

–La rama de un árbol rompió el cristal de la ventana –siguió Tamsyn–. Iba a barrer los cristales cuando vi una fotografía en la pared.

–¿Has abierto las cajas? –exclamó él, mirando por la ventana–. Son sus efectos personales.

–¿No lo habrías hecho tú? –se defendió ella,

mostrándole el álbum con las pruebas incrimina-
torias–. ¿Quién es esta niña?

–Alexis Fabrini.

El nombre le resultaba familiar.

–¿La diseñadora?

–Es tu hermanastra.

Tamsyn tuvo que apoyar una mano en la pared
porque le temblaban las rodillas. ¿Tenía una hermana? Miró la foto de nuevo, en esta ocasión notando el parecido, los rasgos que ambas habían he-
redado de Ellen–. ¿Hay algo más que no me hayas
contado? –le preguntó, con voz temblorosa–. Aunque no sé por qué me molesto en preguntar, no
tengo razones para creerte.

Finn sentía como si le hubieran clavado un pu-
ñal en el pecho. Sabía que aquello iba a pasar, que
tarde o temprano lo descubriría, pero esperaba
que fuese un poco más tarde, que la salud de Ellen
mejorase y Lorenzo aceptase que Tamsyn fuera a
visitarla al hospital. Entonces le habría contado la
verdad. No había querido que la descubriese de
aquel modo…

–Mira –empezó a decir, pasándose una mano
por el pelo–, Ellen es una persona muy querida en
este pueblo. La gente no habla de ella para protegerla.

–¿Para protegerla de mí, de su hija? ¿Por qué?
¿Por qué nadie ha pensado que yo sería algo bueno para mi madre?

–Tal vez la gente piensa que has tardado mucho
tiempo en venir a buscarla.

–Pero te he contado lo que pasó, sabías que yo la creía muerta. Mi madre nos dejó, se marchó dejando a sus hijos en el hospital, heridos en un accidente que ella había provocado. Nos abandonó… ¿por qué?, ¿para estar con su amante? –Tamsyn clavó el dedo en la fotografía–. Yo no sabía dónde estaba, pero Ellen siempre ha sabido dónde estábamos Ethan y yo y nunca intentó ponerse en contacto con nosotros. Y quiero saber por qué. ¿No merezco saber por qué nos dejó? ¿Por qué nos hizo creer que había muerto?

Finn alargó una mano para tocarle la cara, pero ella se apartó y le dolió en el alma saber que había dañado irreparablemente la relación que acababa de empezar.

¿Dañado? La había destruido. Lo había hecho por Lorenzo, por Ellen, pero cuánto desearía que no hubiera tenido que ser así.

–Yo no puedo responder a esas preguntas, pero haré lo que pueda para descubrir la verdad, te lo prometo.

Tamsyn le miró con unos ojos cargados de decepción y dolor.

–¿Eso es todo lo que vas a hacer? ¿No vas a decirme dónde está?

–No puedo hacerlo. Lo siento, pero no es mi secreto.

–Entonces, admites que me has escondido la verdad.

–Lo he hecho y no sabes cuánto lo lamento. Si pudiera… –Finn sacudió la cabeza–. Haré lo que pueda, te lo prometo. Y llamaré a alguien para que venga a reparar la ventana.

Después de decir eso se dio la vuelta, notando los ojos de Tamsyn clavados en su espalda.

Ella lo miraba alejarse como si fuera un extraño. Creía que la traición de Trent le había dolido, pero aquello…

Angustiada, entró en la casa y se dejó caer al suelo, con los ojos llenos de lágrimas.

No se atrevía a abrir la boca por miedo a gritar y apretó los dientes, abrazándose a sí misma y llorando en silenciosa agonía.

Su madre la había dejado. No había intentado ponerse en contacto con ella nunca. Le había mentido… todo el mundo le había mentido: su padre, su familia, su exprometido, su ayudante, Finn.

¿Qué importaba que Finn Gallagher hubiese añadido su nombre a tan ilustre lista de mentirosos? Al fin y al cabo, apenas se conocían y no se habían hecho promesas de amor. De hecho, ni siquiera debería haber confiado en él. ¿No había tenido desde el principio la sensación de que le escondía algo?

En lugar de hacerle caso a su instinto había dejado que se riera de ella. Queriendo ser espontánea había cerrado los ojos a la realidad. Finn no era mejor que el resto. Peor aún por haberla utilizado de ese modo, por haberse metido en su vida hasta que empezó a depender de él.

A amarlo.

¡No! Eso no podía ser. No podía amar a Finn.

Tamsyn aplastó ese pensamiento. Era una simple atracción física. No lo amaba, no podía amarlo. Se había dejado seducir por sus atenciones en el momento más vulnerable de su vida, nada más. Había sido una salvación para su orgullo herido y mira adónde la había llevado, pensó con amargura.

Fue a su habitación y se metió en la cama, tapándose la cabeza con el edredón. Sentía como si la hubieran atropellado, física y mentalmente. Quería olvidarse de todo, aunque fuese durante unas horas. Entonces decidiría lo que iba a hacer porque en aquel momento era imposible.

El sol empezaba a esconderse tras el horizonte cuando el sonido del móvil la despertó. Tamsyn, adormilada, alargó una mano hacia la mesilla.

–¿Sí?

–¿Señorita Masters? Soy Jill, de la inmobiliaria.

–Ah, sí, sobre la ventana…

–He hablado con el propietario de la casa, el señor Fabrini, y me ha pedido que… en fin, quiere que se vaya.

¿Irse? ¿Para arreglar una simple ventana?

–Solo tienen que cambiar los cristales, puedo quedarme aquí mientras lo hacen.

–No me ha entendido, señorita Masters. El señor Fabrini quiere que deje libre la casa.

–Pero tengo un contrato de alquiler…

–El contrato se renueva semanalmente y puede ser interrumpido tanto por el arrendatario como por el arrendador. Naturalmente, le devolveremos la fianza.

–Ah, ya veo.

Había pensado que el propietario le daría al menos una semana de aviso.

–¿Tienen alguna otra casa en alquiler por la zona?

–No, lo siento. Hay una feria en el pueblo y están todas alquiladas.

–Si pudieran darme un par de días para encontrar algo…

–Lo siento, señorita Masters. El señor Fabrini quiere que se marche de la casa hoy mismo.

–Muy bien, me iré en un par de horas.

Capítulo Seis

Tamsyn cortó la comunicación sin despedirse y empezó a quitar las sábanas para meterlas en la lavadora. Estuvo a punto de dejarlas allí, pero ella era una persona educada, por mal que la tratasen.

De modo que puso la lavadora y arregló un poco la casa para dejarla como la había encontrado. Cuando terminó, con la maleta hecha, se sentía completamente vacía.

El señor Fabrini seguramente querría que se fuera del pueblo... incluso de Nueva Zelanda, pero eso no iba a pasar. No se iría hasta que hubiera encontrado a su madre.

Después de dejar la llave en la agencia, entró en el café de la calle principal, decorado con alegres adornos navideños, y pidió un café y un pastel de verduras mientras buscaba un hotel en el móvil.

Pero media hora después no había encontrado habitación. Todos los hoteles, hostales y pensiones del pueblo estaban ocupados. A ese paso, tendría que dormir en el coche.

Al menos la compañía de alquiler de coches no había rescindido su contrato, pensó, clavando el tenedor en el pastel de verduras.

–Ah, por fin te encuentro.

Finn se acercó a la mesa, obligándola a levantar la cabeza para mirarlo.

—¿Vienes a contarme otra mentira? —le espetó, decidida a no mostrar signos de debilidad con un hombre que era tan traidor como el resto.

—He oído que Lorenzo te ha echado de la casa y quiero que sepas que yo no he tenido nada que ver.

—¿Esperas que te crea? Claro, como has sido tan sincero conmigo —replicó Tamsyn, irónica—. Lo siento, pero ya he tenido suficientes problemas por hoy.

Tomó su bolso y se levantó, decidida a poner la mayor distancia posible entre Finn Gallagher y ella. Pero en cuanto lo hizo sintió un mareo que la hizo sentarse de nuevo.

—¿Te encuentras bien? —le preguntó Finn.

—Estoy fenomenal. Tengo una madre que se esconde de mí, un amigo que me ha traicionado, un casero que me ha echado de casa sin darme tiempo a buscar alojamiento... las cosas no podrían ir mejor.

—Puedes alojarte en mi casa.

Tamsyn lo miró, con expresión incrédula.

—Lo dirás de broma.

—No, lo digo en serio. ¿Por qué no? Tengo mucho sitio. No te tocaré, si eso es lo que te preocupa.

No le preocupaba en absoluto. No pensaba dejar que Finn Gallagher volviese a tocarla.

—Prefiero dormir en el coche.

Tamsyn se levantó y Finn la sujetó.

–No estás en condiciones de conducir. Vendrás conmigo quieras o no. Podemos venir a buscar tu coche mañana.

Finn la tomó por los hombros y ella intentó resistirse, pero no tenía fuerzas. Los últimos acontecimientos la habían dejado agotada. Por el momento, era más fácil dejar que él se hiciera cargo, pero al día siguiente sería otra historia.

Tamsyn despertó a la mañana siguiente cuando alguien entró en la habitación. Se incorporó de un salto, tapándose con las sábanas.

–¿Qué quieres? –le espetó.

Finn puso una bandeja sobre la cama.

–Pensé que querrías desayunar. Además, tenemos que hablar.

–A menos que vayas a decirme dónde está mi madre, no tengo nada que hablar contigo –replicó ella.

Pero se le hizo la boca agua al ver las tostadas con mantequilla y mermelada en la bandeja.

–Entonces, tal vez puedas escucharme –dijo él, sentándose en la cama–. Come –le ordenó.

Pensando que si tenía la boca llena no tendría que hablar, Tamsyn probó una tostada.

–Anoche hablé con Lorenzo.

–Qué bien. ¿Y qué te dijo el ilustre señor Fabrini? ¿Ha dado marcha atrás y puedo volver a la casa?

Finn hizo una mueca.

–Me temo que no.

–¿Y qué le he hecho yo para que me odie tanto?

–No eres tú, es… mira, no puedo decírtelo, le he dado mi palabra.

–Ya veo –murmuró ella, tomando un sorbo de café–. Y eso significa que no vas a decirme dónde está mi madre, ¿no?

–Lo siento.

–¿Lo sientes? ¿Esperas que acepte esa disculpa?

Finn exhaló un suspiro.

–No puedo darte lo que quieres –murmuró, levantándose–. Pero puedes quedarte aquí el tiempo que quieras. Volveré a hablar con Lorenzo para ver si consigo hacer que cambie de opinión. Ahora mismo está muy enfadado.

–Pues qué bien, ya somos dos.

–¿Vas a quedarte?

–No tengo más remedio. En el pueblo no hay una sola habitación libre. Al menos, para mí.

Él asintió con la cabeza.

–Estaré en mi estudio si necesitas algo. Está abajo, al final del pasillo.

Después de darse una ducha rápida, Tamsyn se vistió, agradeciendo a regañadientes que Finn hubiera sacado su maleta del coche. Necesitaba una armadura, de modo que eligió la falda coral y la blusa azul, pero antes de ponerse la falda miró la etiqueta… Alexis Fabrini.

Su hermana, su hermanastra exactamente.

¿Era extraño que el talento de su hermana la hubiese atraído o era una conexión que compartían sin saberlo? En cualquier caso, era raro descubrir que tenía una hermana de la que no sabía nada.

Otro secreto. Debía contárselo a Ethan, pero en aquel momento tenía otras prioridades.

¿Cuántos secretos tendría que descubrir antes de encontrar a su madre? No tenía ni idea y su misión se complicaba más y más cada día.

Siempre había sido cauta, planeado cada paso, hasta que intentó sorprender a Trent y la sorprendida había sido ella. Hasta que decidió buscar a su madre y darle la espalda a la seguridad a la que estaba acostumbrada. Y esas dos decisiones habían sido un fracaso. Una cosa era segura: las decisiones espontáneas no eran lo suyo.

Su madre no quería saber nada de ella, eso también estaba claro, pero no pensaba volver a Australia hasta que la hubiese visto. Solo entonces se iría a casa, una vez que hubiese aclarado aquella red de mentiras y secretos.

Después de vestirse fue a la cocina y tomó una manzana de la nevera antes de ir a buscar a Finn. Necesitaba su coche, de modo que tendría que llevarla al pueblo.

Los grandes ventanales del pasillo iluminaban varios cuadros, sobre todo paisajes, y uno en particular llamó su atención. Era una colina cubierta de hierba y, en la cima, las ruinas de una casa...

Tamsyn conocía esa ruina, la había visto cada día de su vida. Era Masters Rise, la casa original de su familia, destruida en un incendio. Demasiado cara para ser reconstruida, la ruina había permanecido sobre la colina, un recordatorio constante de lo que habían sufrido y lo que habían trabajando para florecer de nuevo.

¿Pero qué hacía allí aquel cuadro? Tamsyn miró la firma del artista, sorprendida al ver las iniciales E y F en una esquina. ¿Ellen... Fabrini?

Su madre había cambiado de apellido. Por eso no había podido encontrar ni rastro de Ellen Masters.

La vieja casa tenía un aspecto amenazador. ¿Era así como la veía su madre? ¿Era así como se había sentido viviendo en Los Masters, observada, vigilada?

No podía dejar de pensar que aquel cuadro le ayudaba a entender un poco por qué los había abandonado. Tamsyn sabía que la presencia de esas ruinas era lo que motivaba a su padre. Él le había dicho muchas veces que le recordaban que no podía dejarse ganar por los elementos, que tenía que luchar para que su familia sobreviviera. Todo lo que había hecho, todas las decisiones que había tomado habían sido con ese propósito. Trabajaba sin descanso, sin prestarle atención a su familia...

¿Habría buscado ella un amante porque se sentía sola? ¿Era por eso por lo que había abandonado a sus hijos?

Tamsyn exhaló un suspiro. Las preguntas eran sencillas, las respuestas seguramente no tanto.

Decidida a no seguir dándole vueltas a algo que no podía solucionar hasta que hablase con su madre, empujó una puerta al final del pasillo y le pareció escuchar la voz de Finn. Se detuvo un momento, aguzando el oído, agradeciendo que las suelas de sus bailarinas no hiciesen ruido. Parecía estar discutiendo agitadamente con alguien por teléfono.

–Sí, claro que está en mi casa. No iba a dejarla dormir en la calle.

Parecía frustrado y Tamsyn deseó poder escuchar lo que decían al otro lado del teléfono.

–¿Cómo se te ha ocurrido echarla de la casa así, sin avisar? Sí, sí, sé que ha entrado en la habitación, pero solo para comprobar los daños porque se había roto la ventana… mira, creo que deberías hablar con ella… Lorenzo cálmate, sé lo que piensas de la familia Masters, pero Tamsyn solo era una niña cuando ocurrió todo eso. Su padre le dijo que Ellen había muerto y ha descubierto la verdad hace unas semanas, cuando él murió.

Tamsyn se puso tensa. Evidentemente, Lorenzo Fabrini era el guardián de su madre. Tendría que pasar por encima de ese hombre para hablar con ella.

–Sí, lo sé –siguió Finn–. Solo quieres lo mejor para Ellen y estoy de acuerdo en que ver a Tamsyn podría ser un serio problema…

¿Un problema? ¿Por qué? Le dolía que nadie, ni siquiera el hombre con el que se había acostado unas noches antes, pensara en sus sentimientos.

—Le he dicho que puede quedarse el tiempo que quiera, pero habría sido más fácil que siguiera en vuestra casa... sí, de acuerdo. Llámame esta noche.

Finn cortó la comunicación y Tamsyn dio un paso atrás, pensando en lo que acababa de escuchar. No entendía por qué todo el mundo pensaba que verla sería malo para su madre. Y tampoco entendía por qué habían tenido que mentirle, pero debía admitir que Finn parecía interesado en ayudarla. Aún no estaba dispuesta a creerlo o confiar en él, pero su enfado empezaba a disiparse.

Esperó un minuto antes de llamar a la puerta y Finn se dio la vuelta, mirándola con cara de sorpresa.

—¿Podemos ir a buscar mi coche?

—Ah, hola —murmuró él, claramente incómodo—. Es mejor que vayamos después de comer. Ahora mismo, el café estará lleno de gente.

Tamsyn asintió con la cabeza. Le gustaría preguntar por la llamada de teléfono, pero eso sería como admitir que había estado espiando la conversación. De modo que terminó la manzana, tiró el corazón a la papelera y se acercó a la mesa, sobre la que había un plano extendido.

—¿Estás construyendo algo? —le preguntó.

—Sí.

Finn estaba detrás de ella, transmitiéndole el calor de su cuerpo. Con el pretexto de examinar el plano desde un ángulo diferente, Tamsyn se apartó.

–¿Y qué es?

–Si algún día encuentro la manera de hacer una carretera con acceso a la propiedad, será un centro de acogida para familias con personas que sufren alguna enfermedad mental.

Tamsyn lo miró, perpleja.

–¿Por qué?

–Razones personales –respondió él.

–¿También es un secreto o puedes contármelo?

–Yo sé por experiencia lo duro que es para una familia tener un ser querido con una enfermedad mental. Y es especialmente duro para los niños.

–Sí, imagino que sí.

–Creo que es importante para ellos tener un sitio seguro, un sitio donde la gente que los rodea entienda por lo que están pasando. La residencia constará de varios chalés, un campamento para niños, un salón de actos, ese tipo de cosas.

–Es un proyecto muy ambicioso –murmuró Tamsyn–. ¿Qué has dicho antes del acceso desde la carretera?

Él señaló una marca gris en el plano.

–Puedo hacer una carretera de dos carriles aquí, pero entonces perdería una parte considerable de la parcela y, además, la carretera tendría varias curvas muy cerradas. Pero si consigo abrir un acceso aquí… –Finn señaló unas tierras que colindaban con la parcela– la carretera sería más recta y no perdería ninguna hectárea de terreno.

–¿Y por qué no lo haces?

–Porque esa parcela no me pertenece. La administra un bufete de abogados en Auckland, pero no pueden venderla hasta que los propietarios estén de acuerdo.

–Ah, ya veo –murmuró ella–. ¿Y qué harás si no consigues que te la vendan?

–Haría la residencia de todas formas, pero sería una inversión mayor en la construcción de la carretera y, por lo tanto, menor en otros aspectos del complejo. En fin, espero no tener que tomar esa decisión.

–Antes has dicho que sabías por experiencia lo duro que era tener un ser querido con una enfermedad mental.

–Mi madre era… –Finn tragó saliva– una persona muy frágil. Seguramente no debería haberse casado con un hombre que trabajaba en el campo, pero amaba a mi padre y lo siguió hasta aquí. Poco después de formar sociedad con Lorenzo para convertir la propiedad en un viñedo, la moto de mi padre patinó y le cayó encima, aplastándolo. Cuando lo encontramos, ya no se podía hacer nada.

El sucinto relato hizo que Tamsyn sintiese una oleada de compasión. Era duro perder a un padre, pero haber sido él quien lo encontró…

–Lo siento mucho, debió ser terrible para ti. ¿Cuántos años tenías entonces?

–Doce –respondió Finn–. Mi madre estaba tan desolada que no se levantaba de la cama y yo dejé de ir al colegio para encargarme de la casa y de la finca… en fin, mi profesor vino a hablar con mi madre y al ver la situación en la que estábamos llamo a los servicios sociales.

—¿Y qué pasó entonces?

—Me llevaron a una casa de acogida y a mi madre a una residencia para personas con enfermedades mentales en Christchurch. Yo entonces no lo sabía, pero había empezado a autolesionarse y no pude verla en mucho tiempo. Afortunadamente, Lorenzo y Ellen hablaron con los servicios sociales y, por fin, me fui a vivir con ellos. Con la ayuda de Lorenzo, la granja quedó convertida en lo que es hoy día, uno de los mejores viñedos de la zona.

Tamsyn entendía su lazo con Lorenzo Fabrini, que debía haber sido algo así como un segundo padre para él, pero eso no explicaba que no le hubiese contado la verdad sobre Ellen.

Si su madre no quería verla, ¿por qué no se lo había dicho desde un principio? Claro que ni siquiera sabía si estaban siendo sinceros con Ellen. ¿Sabría su madre que estaba buscándola?

—Así que quieres levantar esa residencia en memoria de tu madre.

—Ella es parte de la razón, sí —asintió él—. Además, creo que sería algo valioso para la comunidad.

Tamsyn lo miró, sorprendida. Penny le había dicho que era un filántropo y parecía ser cierto. ¿Quién era en realidad Finn Gallagher? ¿El filántropo, al que todo el mundo en el pueblo adoraba? ¿El hombre que había sido tan solícito y amable con ella mientras le escondía el paradero de su madre?

¿Por qué lo había hecho? ¿Cuál era el gran secreto?

—¿Quieres ir a ver la parcela? —la pregunta de Finn interrumpió sus pensamientos.

—¿Podemos ir ahora?

—El acceso es un poco difícil, pero podemos ir en *quad*. Es seguro, no te preocupes.

—Muy bien, me gustaría verla.

Hablar de su madre, recordar la desesperación que había sentido entonces, lo había llenado de amargura.

Había fracasado entonces y fracasó después al insistir en ir a verla antes de que su madre estuviese curada del todo. Obligándola a verlo la había forzado a enfrentarse con su propio fracaso como madre y ese había sido el golpe final. Se negó a comer o a levantarse de la cama hasta que, por fin, murió mientras dormía, perdida en su angustia, sola.

Él había sido el responsable de que su madre hubiese elegido morir y, aunque se sentía culpable por haberle mentido a Tamsyn, estaba decidido a ahorrarle ese dolor.

Recorrer la parcela en el *quad*, con los brazos de Tamsyn alrededor de su cintura, era una sensación agridulce. Cada bache del camino hacía que se apretase más contra su espalda.

Decidió disfrutarlo mientras durase porque sabía que no duraría demasiado.

Apenas había dicho una palabra en todo el camino. Seguía enfadada por lo de la casa y por los secretos que le escondían. Era lógico, pero él no podía hacer nada más que intentar distraerla.

Y cuanto antes bajasen del *quad*, antes podría alejarse de ella y de cuánto le gustaba que lo abrazase.

–Es un sitio precioso –comentó Tamsyn mientras bajaba del *quad* para acercarse al borde del lago–. ¿No quieres construir una casa para ti en este sitio?

–La de mis padres solía estar ahí –respondió él, señalando una vieja chimenea bajo un grupo de árboles, los únicos restos de la casa–. Un cortocircuito provocó un incendio que la quemó hasta los cimientos cuando me llevaron a la casa de acogida. Siempre dije que volvería a construirla, pero cuando me hice mayor decidí que lo mejor sería empezar de nuevo en otro sitio. Además, me encanta mi casa.

–Lo entiendo, es preciosa.

–Creo que es el espacio, la sensación de libertad, de no estar encerrado. Además, era algo simbólico, como volver a empezar después de vender mi negocio.

Tamsyn asintió con la cabeza, sin dejar de mirar el lago.

–Yo pensé que este viaje a Nueva Zelanda también sería volver a empezar para mí.

Finn entendía su dolor. Podía oírlo en su voz, pero no se atrevió a decir nada.

–¿Sabes una cosa? –siguió ella–. Creo que hubiera sido mejor no saber que mi madre vive y no quiere saber nada de mí.

Finn la tomó del brazo. Tenía que decir algo, darle algo a lo que agarrarse.

–Tu madre te ha querido toda la vida. Yo la conozco desde hace muchos años y sé que nunca ha dejado de pensar en tu hermano y en ti. Nunca. Me creas o no, es la verdad.

Quería que lo creyese, pero supo que había fracasado al ver su expresión.

–Pues tiene una extraña forma de demostrarlo. Llevo una semana buscándola y nadie se ha puesto en contacto conmigo. Además, me han echado de la casa, de modo que está claro que no quiere verme.

–Eso es algo a lo que tal vez tengas que acostumbrarte. Por duro que sea, por increíble que te parezca, no podemos hacer nada más.

Finn deslizó las manos por sus brazos hasta entrelazar sus dedos con los suyos, y cuando ella no se resistió le pareció un pequeño triunfo.

–Mira, ahí irá el edificio principal, frente al muelle –le dijo, señalándolo con la mano–. Lo construimos mi padre y yo y sigue siendo sólido. Solíamos pasarlo muy bien en este lago y eso es lo que quiero darle a las familias que vengan aquí: una oportunidad para estar juntos, para jugar y olvidar la enfermedad.

Y quería darle a ella algún buen recuerdo de su estancia en Nueva Zelanda, algo que la hiciese olvidar el dolor de no encontrarse con Ellen.

–Es muy buena idea –murmuró Tamsyn.

Hacía calor y el lago tenía un aspecto tan invitador, tan refrescante.

–¿Tienes sed? –le preguntó.

–Sí, aunque también me apetecería nadar un rato. Una pena que no hayamos traído el bañador.

–No necesitamos bañador. Aquí no hay nadie. Yo ni siquiera puedo ver el lago desde mi casa, así que si puedes bañarte.

–Pero…

–¿Por qué no? –insistió él, mientras se quitaba la camiseta–. Vamos, cobarde el último –la retó, mientras desabrochaba la hebilla de su cinturón.

Tamsyn se desnudó a toda prisa y, mientras Finn intentaba desembarazarse de los vaqueros, lo empujó sin querer, haciendo que perdiese el equilibrio.

–¡Tramposa!

Ella corrió por el muelle, gritando al escuchar sus pasos. Cuando estaba a un metro del borde, sintió que la tomaba por la cintura y los dos cayeron al lago de cabeza.

El agua estaba helada y se quedó sin aire durante un segundo, pero se agarró a Finn instintivamente, sabiendo que con él estaba a salvo.

¿O no? Medio desnudo, no podía esconder la respuesta de su cuerpo… y era una respuesta bien clara.

Cuando sacaron la cabeza del agua, Finn la soltó.

–No ha estado mal, ¿eh? –bromeó, con una sonrisa de oreja a oreja.

Tamsyn pensaba lo mismo. El agua estaba fría, pero era un respiro después del calor.

–A veces, en vacaciones, cuando mi padre volvía a casa a comer, hacíamos carreras para tirarnos al agua –empezó a decir él–. Mi madre preparaba la merienda y nos sentábamos bajo un árbol hasta que él tenía que volver a trabajar.

–Parece que teníais una relación estupenda –dijo Tamsyn, nadando a su alrededor.

–Así es. Fui muy afortunado y, aunque murió joven, sigo teniendo bonitos recuerdos. Tú te has perdido eso, ¿no? Por lo que me has contado, tu padre no se relacionaba mucho con vosotros.

–No, pero tampoco fue un mal padre. Además, crecimos con nuestros primos. Siempre estábamos organizando aventuras en la finca y mi padre no era particularmente estricto.

Aunque siempre había envidiado a sus primos, que tenían madre, su infancia había sido muy agradable. Ethan se había encargado de eso. Protector, incluso un poco pesado, había sido su ancla y seguía siéndolo en muchos sentidos. Su padre también había estado ahí, a su manera, pero siempre les había faltado algo.

–Salgamos del agua –sugirió él al verla temblar–. Podemos secarnos al sol y comer algo.

Una vez fuera del agua, tomó su ropa del suelo y la colocó frente a ella como un escudo cuando él empezó a acercarse, con un brillo travieso en los ojos.

–Toma –dijo Finn, ofreciéndole su camiseta–. Así estarás más cómoda.

–Pero se va a mojar –protestó Tamsyn.

–No importa. ¿Quieres darte la vuelta un momento?

Ella lo hizo, pero, por el ruido, se había quitado los calzoncillos mojados antes de ponerse los vaqueros.

–Ya puedes mirar.

Podía mirar, pero no debería. Con el pelo mojado, la piel brillante y los vaqueros colgando de sus delgadas caderas Finn era más peligroso que nunca.

–Date la vuelta –le dijo, con voz ronca.

–Sí, claro. De hecho, voy a encender la vieja chimenea.

Mientras se alejaba, Tamsyn lo miró, sintiendo como si hubiera un hilo invisible entre los dos, un hilo que los unía de forma irremediable.

De inmediato, sacudió la cabeza. Seguía furiosa con él. Al fin y al cabo, le había mentido… pero también se había encargado de que tuviese una habitación y, por su conversación con Lorenzo, estaba intentando que la dejase ver a Ellen.

El sol se escondió tras una nube y la fresca brisa le recordó que estaba medio desnuda. Tamsyn se llevó a la cara la camiseta de Finn, respirando su aroma, haciendo que lo desease. Y, al ponérsela, sintió como si él mismo estuviese abrazándola…

Tenía el pelo empapado y se hizo una trenza para escurrirlo. Satisfecha y cómoda, siguió a Finn, que había colocado una manta sobre la hierba y estaba sacando cosas de una cesta.

–¿Mejor?

–Sí, gracias –Tamsyn colocó su ropa interior sobre los ladrillos de la chimenea y se puso de rodillas en la manta.

–Debes de tener hambre. Hace siglos que te llevé el desayuno.

–Sí, un poco –admitió ella.

–Come lo que quieras mientras yo abro la botella de vino.

Había pollo asado, ensalada, pan, aceitunas, queso…

–Qué bien –murmuró, llenando su plato–. Supongo que todo esto lo has hecho tú.

–No, me lo han traído del café de Bill –Finn la miró, en silencio–. ¿Sabes una cosa? Me recuerdas mucho a Ellen.

–¿Ah, sí?

–Te pareces físicamente, pero además te mueves como ella, te sientas como ella. Solíamos venir a merendar aquí y nos sentábamos como ahora, Ellen, Lorenzo, Alexis y yo, y comíamos pollo con las manos. Ella se reía, cómo se reía.

Al principio, sus palabras le dolieron porque marcaban aún más las diferencias entre lo que él había tenido y lo que le había faltado a ella durante toda su vida. Pero después sintió una emoción diferente, casi de ternura, al imaginarla riendo allí. Podía escuchar la risa de su madre en sus recuerdos, sentir el roce de su mano...

Tamsyn tuvo que tragar saliva, emocionada.

–Lo siento, no quería disgustarte –se disculpó él.

–No, no es eso.

–¿Entonces por qué pareces tan triste?

–He tenido un recuerdo... es poco, pero sé que es real. Gracias por contarme eso.

Finn le tomó la mano para besarla.

–Ojalá pudiese hacer algo más.

–Lo sé –reconoció Tamsyn. Le dolía no ser lo más importante para él, pero entendía su lealtad hacia Lorenzo. Además, sabía que estaba intentando ayudarla.

Finn empezó a acariciarle la cara de forma suave, casi reverente.

–Quiero volver a hacer el amor contigo –dijo entonces–. ¿Me harías ese honor?

Tamsyn sintió un escalofrío de deseo que la recorrió desde la base de la espina dorsal hasta el cerebro. Por mucho que intentase recordar su enfado, Finn Gallagher le resultaba irresistible.

–Sí –respondió, su voz un susurro que se llevó la brisa.

Notó que él contenía el aliento una décima de segundo; lo suficiente como para saber que había anticipado una negativa, lo suficiente como para saber lo que ese sí significaba para él.

—Gracias —murmuró, buscando sus labios.

El beso empezó siendo tierno, un beso para tentarla, para acariciarla, pero sus pezones se pusieron duros bajo la camiseta. Un gemido escapó de sus labios mientras Finn le besaba el cuello y se apretó contra él, rozando el bulto bajo el pantalón. Finn le levantó la camiseta y trazó sus costillas con los dedos, subiendo hasta rozar sus pezones con los pulgares. Los apretó entre el pulgar y el índice y, como respuesta, Tamsyn levantó las caderas en un gesto de invitación.

La boca de Finn iba dejándole un rastro húmedo por el cuello, hasta que inclinó la cabeza para tomar un pezón con los labios, haciéndola temblar.

Tamsyn se agarró a sus hombros, clavando las uñas en su carne sin darse cuenta. Lo necesitaba dentro de ella, fuera de ella, por todas partes y para siempre.

Reconocer eso le proporcionaba placer y dolor al mismo tiempo. Aquello no era una aventura sino mucho más. Habían cruzado una línea invisible, habían dejado de ser simplemente amantes. En algún momento se había enamorado irrevocablemente.

¿Estaba destinada a enamorarse de hombres que anteponían las necesidades de otros a las suyas?

Pero no era el momento de buscar respuestas. Era el momento de dar, de compartir. Y lo hizo.

Se quitaron la ropa a toda prisa y cayeron sobre

la manta, desnudos bajo el sol, resguardados por la copa del árbol. Qué simbólico, pensó, que estuvieran a la sombra de una casa quemada, arruinada por el fuego. ¿No había ocurrido eso también en su familia? ¿No se habían levantado de sus cenizas, más fuertes que antes?

Solo podía esperar que aquello con Finn acabase del mismo modo. Que pudiera soportar la fuerza de los elementos, que pudieran levantarse fuertes y unidos. De modo que se entregó al amor y cuando entró en ella le dio bienvenida, cerrándose a su alrededor, sujetándolo como si no quisiera dejarlo escapar.

Después, se tumbaron uno al lado del otro, las piernas enredadas, el cuerpo de Finn sobre el suyo, sus corazones latiendo al unísono hasta que pudieron respirar con normalidad. Si pudiera quedarse allí para siempre, sin pensar en nada más, sin preocupaciones, sin decisiones que tomar...

El sol volvió a esconderse tras una nube. La naturaleza estaba recordándoles que nada quedaba en suspensión para siempre.

Tamsyn pensó entonces en las palabras de Finn, que tal vez nunca vería a su madre. ¿Podría soportarlo? ¿Podía olvidar su necesidad de hacer preguntas que solo ella podría responder y seguir adelante con su vida?

Solo el tiempo lo diría.

***

De vuelta en casa, Finn le preguntó si quería dormir en su habitación y, dejando escapar un suspiro de alivio, Tamsyn asintió con la cabeza.

Durante las siguientes dos semanas fueron inseparables y su experiencia en Los Masters fue sorprendentemente útil mientras discutían la construcción de la residencia. Tamsyn había restaurado los antiguos cobertizos de los trabajadores, convirtiéndolos en lujosos bungalós y aportaba ideas que Finn agradecía.

Formaban un buen equipo. Tan bueno que él apenas podía dormir por las noches, preguntándose cuándo terminaría todo. ¿Qué haría Tamsyn cuando descubriese el último de los secretos, que Ellen no se había alejado de ella a propósito sino que estaba a las puertas de la muerte y que él lo había sabido desde el principio?

¿Le perdonaría? ¿Había alguna manera de no perderla para siempre?

Solo faltaban diez días para Navidad. Había esperado que Tamsyn volviera a casa, pero no mostraba la menor inclinación. Al contrario, lo convenció para que comprase un abeto que llenaron de adornos navideños, algunos de los cuales eran de su madre. No se habían perdido en el incendio porque estaban guardados en el garaje.

Adornar el árbol con ella lo devolvió a los mejores momentos de su vida, cuando vivían sus padres, cuando compartían la cena de Nochebuena con Lorenzo, Ellen y Alexis.

Tamsyn y él tenían un ritual: por las noches encendían las luces antes de hacer la cena y compartían una copa de vino mientras se contaban anécdotas de su infancia frente al árbol.

Sin embargo, esa noche ella le pidió que no le hablase de Ellen.

–Nunca podré entender por qué no quiere verme, por qué no pudo darme lo que te dio a ti.

Sus palabras le dolieron en el alma y se preguntó si el regalo que tenía para ella, un autorretrato que Ellen había pintado diez años antes, sería un error. Era uno de sus cuadros favoritos y había pensado que a Tamsyn le haría ilusión, pero ya no estaba tan seguro.

Odiaba tener que cumplir la promesa que le había hecho a Lorenzo, pero tenía que morderse la lengua.

Aunque había algo que sabía con total certeza: amaba a Tamsyn.

Se había metido en su corazón y no quería despedirse nunca. Cómo iba a hacerlo, no tenía ni idea.

Finn se quedó dormido sin haber encontrado una solución a su problema, pero la vibración del móvil en la mesilla lo despertó unas horas más tarde. Con cuidado para no molestar a Tamsyn, se levantó de la cama y cerró la puerta de la habitación para hablar en el pasillo.

–¿Finn?

La voz de Lorenzo era diferente, más tensa que de costumbre.

–¿Qué ocurre? ¿Es Ellen?

–Se está muriendo. Se está dejando ir. Los médicos dicen que… que no tardará mucho.

Los ojos de Finn se llenaron de lágrimas. Lorenzo había estado al lado de su mujer desde el principio, como una roca, pero en ese momento necesitaba un hombro en el que apoyarse.

–Llegaré en cuanto pueda –le prometió, intentando contener el miedo de llegar demasiado tarde.

–Cuando puedas, hijo. Ven en cuanto puedas.

Finn cortó la comunicación y bajó a su estudio para encender el ordenador y reservar un vuelo lo antes posible. El primero salía a las siete y cinco.

Eran las cinco, de modo que tendría que irse de inmediato. Reservó una plaza y, después de imprimir el billete, subió a la habitación para vestirse.

Tamsyn.

Pensar en ella lo detuvo de golpe. Lo único que quería era protegerla, ¿pero qué iba a decirle?

La respuesta llegó enseguida: nada.

No iba a decirle absolutamente nada.

Capítulo Siete

Tamsyn alargó un brazo hacia el otro lado de la cama, pero despertó de inmediato al tocar las sábanas frías. Sorprendida, se sentó en la cama y aguzó el oído. No oía a Finn en el baño y aún no eran las siete.

Saltó de la cama y se puso el albornoz para bajar a la cocina, pero no había ni rastro de él y la cafetera estaba fría... y tampoco estaba en su estudio. Se devanó los sesos intentando recordar si por la noche había dicho que tenía que hacer algo a primera hora de la mañana, pero no recordaba nada.

El móvil empezó a sonar en ese momento y, al ver el nombre de Finn en la pantalla, Tamsyn respondió a toda prisa.

–¿Qué ocurre? ¿Dónde estás?

Al fondo podía oír ruido de gente.

–Lo siento, pero he tenido que salir a toda prisa. No sé cuánto tiempo estaré fuera... tengo que subir al avión ahora mismo. Cuídate, cariño. Te llamaré en cuanto pueda. Te echaré de menos –dijo Finn–. Hablaremos cuando vuelva. He estado pensando en el futuro... en nuestro futuro.

–¿Nuestro futuro? –repitió ella.

Su amor por Finn crecía cada día y que mencionase el futuro era como un rayo de luz en medio de la oscuridad.

–No quería decirte esto por teléfono, pero te necesito. Te quiero, Tamsyn. Volveré en cuanto me sea posible.

Cortó la comunicación antes de que ella pudiera responder, pero Tamsyn apretó el teléfono contra su corazón como si así pudiera seguir en contacto con él.

Por fin, lo soltó y se abrazó a sí misma, dando un grito de alegría. Todo iba a salir bien.

Había un futuro para Finn y para ella.

Faltaba una semana para Navidad y el salón de actos del ayuntamiento estaba lleno de gente a la que Tamsyn no había visto nunca. A juzgar por cómo se saludaban, algunos habían estado enfermos, pero todos habían hecho un esfuerzo para reunirse allí antes de las fiestas.

Aquel iba a ser un gran día, pensó, mientras se movía entre la gente para comprobar que todos tenían lo que necesitaban. Mientras lo hacía, escuchaba retazos de conversaciones que la hacían sonreír. Una conversación, sin embargo, hizo que se detuviera, sorprendida.

–¿Sabes cómo está Ellen? –preguntó una mujer a la que no había visto nunca.

–Por lo que sé, sigue en el hospital. Y creo que no va nada bien.

–Pobrecita. Y pobre Lorenzo.

¿Su madre estaba en el hospital? ¿Era por eso por lo que Lorenzo se mostraba tan protector?

Tamsyn se quedó sin aire.

–¿Podemos ir a visitarla?

–No, la han llevado a un hospital en Wellington. Por lo que me han contado, no parece que vaya a salir de esta. Es trágico, trágico.

La otra mujer asintió con la cabeza.

–Sí, es muy triste.

Tamsyn se alejó del grupo, desesperada por estar a solas un momento. Había esperado que alguien dijese algo sobre su madre, pero no había imaginado que esa sería la noticia...

Dio un respingo cuando alguien le puso una mano en el brazo.

–Has oído eso, ¿verdad? –escuchó la voz de Gladys–. ¿Estás bien?

Ella negó con la cabeza.

–No.

–Solo era una cuestión de tiempo antes de que alguien hablase de más.

–Tengo que irme –consiguió decir Tamsyn.

–Yo me encargaré de todo, no te preocupes. La verdad es que todos sentimos mucho lo de tu madre.

Tamsyn no recordaba cómo había llegado a la casa de Finn, pero estaba sentada en su estudio. El estudio del hombre que había sabido desde el principio que su madre estaba en el hospital, muriéndose, y no se lo había contado.

¿Promesas de lealtad? ¿Amor? Aquella situación iba más allá de una promesa, más allá de la lealtad de Finn hacia Lorenzo.

La furia que sentía evitó que llorase mientras llamaba a todos los hospitales de Wellington, pero cuando lo localizó no quisieron decirle cuál era el estado de Ellen Fabrini porque ella no estaba en la lista de familiares autorizados.

Decidida, reservó un billete de avión y se dirigió al aeropuerto. Tuviese que hacer lo que tuviese hacer, vería a su madre.

—Lo siento, señorita, pero no podemos darle detalles sobre la paciente —insistía la joven del mostrador.

—¿Puede al menos decirme si está viva? —le suplicó Tamsyn.

—No puedo, de verdad. Y si no se va, tendré que llamar a seguridad. Le he dicho todo lo que podía decirle.

—¡Pero si no me ha dicho nada! Es mi madre y se está muriendo. Solo quiero verla por última vez. ¿Eso es tanto pedir?

El tono de Tamsyn bordeaba la histeria y la joven levantó un teléfono.

—Entiendo que esté disgustada, pero no puedo decirle nada más. Lo siento.

Tamsyn se apartó del mostrador, desolada. Decidió buscar la habitación de su madre por todo el hospital.

Se dirigió al ascensor cuando de pronto: Finn.

Había un hombre mayor con él y una mujer más o menos de su edad. Lorenzo Fabrini y su hija, Alexis. Tamsyn sintió un escalofrío al ver a su hermana por primera vez.

Alexis iba secándose los ojos con un pañuelo y agarrando el brazo de su padre. Desde allí, Tamsyn no sabía quién se apoyaba en quién, pero entonces entendió...

El hombre tenía los ojos enrojecidos y Alexis iba llorando. No habrían dejado a Ellen sola a menos que...

¿Había llegado demasiado tarde? Tan horrible posibilidad la golpeó en el pecho con la fuerza de un martillo y dio un paso atrás.

Lorenzo clavó los ojos en ella antes de volverse hacia Finn, con expresión airada.

—Pensé que ibas a mantenerla alejada del hospital.

—¡Papá! —exclamó Alexis.

—Yo tomo mis propias decisiones —dijo Tamsyn, acercándose al grupo—. No puede seguir evitándome, señor Fabrini. Quiero ver a mi madre.

—Llegas demasiado tarde —dijo Alexis—. Nuestra madre murió hace dos horas. Lo siento. Si hubiera sabido que estabas aquí...

—¡Es una Masters! —exclamó Lorenzo—. Tú sabes cómo hicieron sufrir a tu madre.

—¡Ya está bien! —intervino Finn—. No es momento de recriminaciones. Alexis, lleva a tu padre al hotel. Yo me quedaré con Tamsyn.

Ella se quedó inmóvil, en silencio. Su madre había muerto. Podría haberla visto muchas veces en las últimas cuatro semanas, pero esa oportunidad se había perdido para siempre.

Todas las preguntas que tenía que hacerle, las historias que nunca le había contado…

No reaccionó cuando Finn la tomó del brazo para llevarla a un taxi. El viaje hasta el hotel fue rápido y, antes de que se diera cuenta, estaba en una habitación, con una copa de coñac en la mano.

–Bebe –dijo él, levantando la mano.

Tamsyn obedeció automáticamente, sintiendo que el ardiente líquido le quemaba la garganta y llegaba hasta su estómago dándole algo de calor.

–¿Por qué? –preguntó, con voz helada–. ¿Por qué me lo escondiste? Yo solo quería ver a mi madre.

–No habría servido de nada. Ellen no hubiera podido responder a tus preguntas… estaba demasiado enferma.

–¿Cómo puedes decir eso? No me diste una oportunidad siquiera.

Él suspiró, sentándose a su lado.

–Durante los últimos días años, Ellen ha tenido que luchar contra la demencia, que progresó de manera terrible a partir del pasado año. Además, tenía problemas de salud debido a su alcoholismo. Su vida ha sido una batalla durante mucho tiempo –Finn se pasó una mano por el pelo, nervioso–. Ellen no te habría reconocido. Ni siquiera conocía a Lorenzo o a Alexis últimamente.

–¿Y tú lo sabías todo este tiempo? –murmuró Tamsyn.

–No fue decisión mía no decirte nada, ya lo sabes. Cuando empecé a conocerte, cuando comprendí que no te habías alejado de Ellen a propósito...

–¿De qué estás hablando?

–Siempre pensamos que no habíais querido poneros en contacto con ella.

–Pero yo te conté la verdad el primer día.

–Lo sé y desde entonces intenté convencer a Lorenzo para que te dejase ir al hospital, pero él se negó.

–¿Por qué?

–Tras la muerte de mi padre, mi madre perdió la cabeza –empezó a decir Finn–. No pude verla en meses, pero cuando lo hice fue un recordatorio de todo aquello en lo que había fracasado, de todo lo que había perdido. Tras mi visita, mi madre dejó de comer, dejó de levantarse de la cama... hasta que murió. Verme a mí la mató –Finn tuvo que tragar saliva–. Y si Ellen te hubiera visto, si te hubiera reconocido después de tantos años ¿quién sabe lo que habría pasado? Tal vez le habría causado más dolor, más sentimiento de culpa, más remordimientos. Podría haber muerto antes...

–¡Pero eso no lo sabes!

–No quería que pasaras por lo que tuve que pasar yo. No quería que te sintieras culpable y tuvieras que vivir con ese sentimiento durante toda la vida.

Tamsyn se levantó para tomar la botella de coñac y servirse otra copa.

–Por eso no querías que la viera. Pero nunca me lo dijiste, no me lo explicaste. Lo que has hecho es impedir que la viese y tú no tenías por qué tomar esa decisión.

–No, la decisión de que no fueras al hospital fue de Lorenzo. Créeme, Tamsyn, no habrías querido recordar a tu madre tal y como estaba antes de morir. Ellen no hubiese querido que la vieras así.

–Pero nunca lo sabré, ¿no? –replicó ella–. Perdona, pero me resulta difícil creer que hayas hecho todo eso por mí. Me has mentido desde el primer día.

–Yo no quería…

–Dime una cosa: ¿nuestra aventura fue algo deliberado? ¿Todo lo que hacíamos juntos, todo lo que hemos compartido estaba basado en una mentira?

–Al principio, sí –le confesó Finn–. Pero en cuanto empecé a conocerte me di cuenta de que no eras como yo había creído.

Daba igual, pensó ella. Acababa de confirmarle que no merecía la pena. Como había hecho su padre, como había hecho Trent.

Sin decir otra palabra, Tamsyn dejó la copa sobre la mesa, tomó su bolso y salió de la habitación.

***

–Estás enamorado de ella, ¿verdad?

Finn miró a Alexis, sorprendido por la pregunta. Pero no podía mentirle a aquella chica, que se había convertido en una bella mujer, a la que veía como una hermana.

–Sí –respondió sencillamente.

–¿Entonces qué haces aquí?

–¿Qué?

–Ve a buscarla. Yo me encargaré del funeral, Finn. Llevábamos algún tiempo esperando esto y lo tenemos todo preparado. Mi padre está desolado, como yo, pero sé que mi madre está descansando por fin. Han sido muchos años de sufrimiento.

Él tuvo que tragar saliva, emocionado. Tenía razón. Alexis no necesitaba su ayuda y debía volver con Tamsyn.

No había tenido valor para detenerla cuando se marchó el día anterior. Sabía que debía odiarlo, pero le debía una explicación. Tenía que ir tras ella para intentar convencerla...

¿Cómo iba a convencerla de que su amor era real? ¿Cómo iba a convencerla de que no había querido hacerle daño? Temía que lo rechazase, pero tarde o temprano tendría que volver a casa.

–Me voy al aeropuerto –dijo entonces, inclinándose para darle un beso en la mejilla–. Gracias.

–Para eso estoy aquí, para recordarte que no siempre tienes razón.

Nada había cambiado entre ellos. Seguían teniendo esa conexión que ni siquiera la diferencia de ocho años podía romper. Amigos, familia. Siempre habían estado ahí, el uno para el otro.

–Deséame suerte.

–Suerte –dijo ella, apretándole el brazo.

Finn dejó escapar un suspiro de alivio al ver el coche de Tamsyn aparcado en la puerta de su casa. El maletero estaba abierto, de modo que había llegado justo a tiempo.

Las llaves estaban en el contacto y se las guardó en el bolsillo, por si acaso. Si decidía marcharse después de hablar con ella, se las devolvería, pero antes quería que lo escuchase.

La encontró en el dormitorio, guardando su ropa en la maleta. Estaba pálida, en sus ojos un mundo de dolor cuando levantó la mirada. Pero de inmediato volvió a concentrarse en su tarea, intentando cerrar la cremallera de la abultada maleta hasta que, por fin, derrotada, se dejó caer al suelo.

–¿Quieres que te eche una mano? –le preguntó Finn.

–Vete –replicó ella.

–No te vayas, Tamsyn, por favor.

–Aquí ya no hay nada para mí. ¿Me oyes? ¡Nada!

–Lo siento. No sabes cuánto lo siento.

–Palabras vacías –replicó ella–. No quiero quedarme aquí, no quiero volver a verte.

–Lo entiendo y sé que tienes todo el derecho a pensar así, pero por favor, escúchame. Quédate al funeral de Ellen.

–¿Al funeral? Tu preciado Lorenzo no me dejaría acercarme.

–Lorenzo solo intentaba proteger a Ellen, el amor de su vida, como yo intentaba proteger al mío.

–No me vengas con esas –replicó Tamsyn, con voz entrecortada–. Lo has hecho por Lorenzo, no por mí.

–Merecías haber visto a Ellen y tanto Lorenzo como yo cometimos un error, lo reconozco. Yo me di cuenta, pero no pude convencerlo. Él no me habría perdonado si algo le hubiera pasado a Ellen, como yo nunca me perdonaré a mí mismo por lo que te he hecho.

–¿Por qué me cuentas eso ahora?

–Porque te quiero y deseo que te quedes.

Tamsyn negó con la cabeza.

–Lo siento, pero no te creo.

–Quédate, aunque solo sea por Alexis. Ella quiere conocerte.

Tamsyn levantó la cabeza, sorprendida.

–¿Alexis quiere hablar conmigo?

–Más que eso, quiere conocerte de verdad –le aseguró Finn.

Tamsyn dejó caer los hombros, como si se hubiera quedado sin fuerzas de repente.

–Muy bien, me quedaré por ella. Si no supiera que todos los hoteles del pueblo están ocupados me iría allí…

–Puedes quedarte aquí.

–Pero dormiré en otra habitación.

Finn asintió con la cabeza.

–Gracias.

–No lo hago por ti.

No, ya lo sabía. Y lo entendía, pero era una pequeña victoria. Estaba allí, en su casa. Mientras salía de la habitación, Finn cerró los ojos y dio las gracias al cielo. Esperaba tener tiempo suficiente para convencerla de que se quedase.

Durante el funeral, sentada entre Finn y Alexis, Tamsyn pensó que nunca se había sentido tan sola en toda su vida.

Ethan e Isobel no habían podido encontrar un billete de avión porque solo faltaban tres días para Navidad, pero ella había tenido suerte de encontrar uno para Auckland y se marcharía esa misma tarde.

La iglesia estaba abarrotada y varias personas se habían acercado a ella para darle el pésame, muchos pidiéndole disculpas por su silencio.

Pero Tamsyn no podía dejar de recordar que por bien que hubiesen conocido a su madre, nadie podría responder a sus preguntas. Nadie podría explicarle por qué Ellen había abandonado a sus hijos y por qué los había hecho creer que estaba muerta.

Con los ojos secos, estoica, descubrió por primera vez cómo habían visto los demás a su madre. Sí, había tenido un problema con el alcohol durante años, pero también había sido una buena persona, una mujer amable a la que quería todo el mundo.

Alexis era una sorpresa. Su hermanastra era encantadora, fácil de tratar, cariñosa. Y su relación con Finn era muy parecida a la que ella tenía con Ethan.

Charlando con ella había empezado a entender las razones de Finn para ocultarle la verdad, pero eso no evitaba el dolor o el vacío que sentía. Y seguía furiosa con él. Por válidas que pareciesen sus razones para engañarla, ella merecía una oportunidad de conocer a su madre y Finn se la había robado.

Tenía que irse, pensó, alejarse de él para lamer sus heridas a solas. Cuando el funeral terminó, volvieron a casa de Finn y se disponía a subir a la habitación cuando una voz la detuvo.

–¿Tamsyn?

Lorenzo. Lo había evitado desde que se vieron en el hospital y no pudo disimular su sorpresa cuando se acercó a ella.

Seguía siendo un hombre atractivo, aunque el dolor lo había avejentado.

–¿Puedo hablar un momento contigo? –le preguntó, ofreciéndole su brazo.

Debería rechazar al hombre que había evitado que conociera a su madre. Darle la espalda y…

–Por favor, te lo suplico en memoria de Ellen.

Su expresión era tan desolada que Tamsyn claudicó. Tomó su brazo y empezaron a pasear por el jardín.

–Siento mucho lo que te he hecho –empezó a decir él–. Me equivoqué, ahora me doy cuenta. Actuaba por miedo cuando debería haber actuado por compasión. Hice que Finn cumpliese su palabra aunque sabía que odiaba hacerlo. Estaba desesperado y pensaba que un día, con el tiempo, podrías encontrar la forma de perdonarme y de perdonarlo a él. Finn no quería engañarte, te lo aseguro.

–No sé si podré perdonarlo, señor Fabrini.

–Lo entiendo –dijo él, inclinando la cabeza–. Pero tengo algo para ti y quería dártelo antes de que volvieras a casa.

Lorenzo metió una mano en el bolsillo de la chaqueta y sacó un montón de sobres atados con una cinta rosa descolorida por el paso del tiempo.

–Son cartas de tu madre para ti y para tu hermano. Escribió estas cartas durante años, pero nunca las envió. Le había prometido a tu padre que no volvería a ponerse en contacto con vosotros, pero tenía que escribirlas para liberar sus sentimientos. Toma, son tuyas.

La mano de Tamsyn tembló al ver la letra de su madre por primera vez. Su habitación de Los Masters estaba decorada en el mismo color de la cinta y saber eso llevó a su corazón el calor que había faltado durante tantos años.

–Gracias –susurró.

–Espero que estas cartas puedan darte algo de paz y mostrarte la clase de mujer que era tu madre antes de ponerse enferma.

–Las conservaré como un tesoro.

Lorenzo asintió, con los ojos llenos de lágrimas.

–Voy a sentarme al sol un momento –murmuró, girando la cabeza para que no lo viese llorar–. No tengo prisa. Cuando termines de leerlas, responderé a todas las preguntas que quieras hacerme. Tómate tu tiempo, ¿eh?

–Lo haré –le prometió ella, observándolo mientras se acercaba a un banco desde el que podía ver la casita en la que había vivido tantos años con Ellen.

Tamsyn se sentó en el suelo y colocó las cartas sobre su regazo, desatando con cuidado la cinta. Cerrando los ojos, se llevó la primera carta a la cara para intentar encontrar el olor de su madre, para ver si quedaba algo de lo que había sido…

Y allí estaban los trazos de un sutil perfume. Una fragancia que le recordaba risas infantiles, el calor del abrazo de una mujer. El abrazo de su madre.

Tamsyn abrió el sobre con cuidado y empezó a leer.

Lloró hasta que no le quedaron lágrimas al leer las cartas de su madre, sus palabras cargadas de sentimiento de culpa por no haber podido proteger a sus hijos de sus propias debilidades. Huía de Los Masters, de su matrimonio y de sus fracasos para reunirse con Lorenzo, que la esperaba en el aeropuerto, cuando sufrió el accidente de coche.

Su padre, angustiado y furioso al ver que estaban heridos porque Ellen conducía bajo los efectos del alcohol, había usado sus contactos para evitar que la policía la detuviese, pero exigiéndole prometer que se iría sin los niños y no volvería jamás. Le pasaría una pensión mensual con la condición de que nunca volviese a ponerse en contacto con ellos.

Ellen, que tuvo que vivir con remordimientos durante años, había aceptado los cheques que le enviaba John Masters, pero Lorenzo no quería saber nada de ese dinero, de modo que lo ingresaban en una cuenta y, al final, lo usaron para comprar unas tierras a nombre de Ethan y Tamsyn. Aunque el mayor remordimiento de su vida había sido no luchar para recuperar a sus hijos, al menos se había asegurado de dejarles algo valioso por lo que recordarla.

Tamsyn cerró la última carta, con el membrete del bufete de abogados de Auckland que se encargaba de administrar esa herencia. Se levantó para acercarse a Lorenzo, que se levantó a su vez del banco.

–No necesitamos esas tierras –le dijo–. Deberían ser suyas. Nosotros ya tenemos más de las que necesitamos.

–Lo sé, trabajé para tu familia durante muchos años y sé lo que esas tierras significaban para tu padre –respondió Lorenzo–. Por eso era tan importante para Ellen que Ethan y tú tuvierais algo que fuera solo vuestro. Tu hermano y tú podéis hacer lo que queráis con ellas, pero recuerda que es lo único que Ellen pudo dejaros. Piensa en ello y toma la decisión cuando hayas hablado con tu hermano.

–Muy bien, lo haré.

De vuelta en la casa, cuando todos se habían ido, Tamsyn tomó su maleta para alejarse de allí, del dolor, de los recuerdos, buenos y malos. Finn la esperaba en la puerta con algo en las manos. Había hecho lo posible para no estar a solas con y, afortunadamente, él había estado muy ocupado con los arreglos del funeral. Se decía a sí misma que era un alivio porque si hubiera insistido habría perdido el valor.

–Antes de irte, quiero darte esto –dijo él, ofreciéndole el paquete, envuelto en papel de regalo.

Tamsyn sacudió la cabeza.

–No, por favor. No quiero un regalo de Navidad.

–Es tuyo, quiero que te lo lleves.

–Muy bien –asintió ella, colocándose el paquete bajo el brazo.

No abriría el regalo, decidió mientras subía al coche y arrancaba sin mirar atrás.

A la mañana siguiente, Tamsyn intentó encontrar un vuelo para Adelaida, pero no había plaza en ninguno. Aparentemente, todo el mundo iba a Adelaida a pasar las navidades.

Para olvidar la sensación de haber dejado algo

vital en Marlborough, Tamsyn llamó a los abogados de su madre y pidió cita esa misma mañana.

Más tarde, sentada en un café frente al puerto, sacudía la cabeza, atónita. Tenía que llamar a Ethan de inmediato.

–¿Has conseguido vuelo? –le preguntó su hermano–. Estamos deseando tenerte de vuelta en casa.

¿De verdad Los Masters era su casa? Sí, era allí donde había crecido, pero hacía mucho tiempo que no se sentía a gusto allí. Que no se sentía a gusto en ninguna parte. Esa sensación había empezado a desaparecer cuando conoció a Finn… Tamsyn apartó de sí ese pensamiento antes de responder a su hermano.

–No, no he encontrado vuelo, pero estoy en lista de espera. Cruza los dedos, ¿de acuerdo? Mientras tanto, tengo que contarte algo. Nuestra madre nos ha dejado una propiedad en Nueva Zelanda. Aparentemente, guardó el dinero que le enviaba papá y nunca se gastó un céntimo.

–¿En serio?

–Hay más, Ethan. Nos escribió muchas cartas en las que explicaba todo lo que había pasado, pero no las envió nunca…

Tamsyn le habló del contenido de esas cartas, intentando contener la emoción.

–Te sientes mejor ahora, ¿verdad? –le preguntó su hermano.

¿Se sentía mejor? Leer las cartas había hecho que entendiese muchas cosas, ¿pero podría hacer las paces con la madre a la que ya no conocería nunca?

—Creo que la entiendo un poco más. Lo pasó muy mal, Ethan. Cometió muchos errores y pagó por ellos. Me habría gustado conocerla, pero no puedo hacer nada y tampoco puedo vivir el resto de mi vida lamentando que no haya sido así. De modo que me siento un poco mejor, sí. Incluso más fuerte.

—¿Debería asustarme? —bromeó su hermano.

Y Tamsyn sonrió, la primera sonrisa genuina en casi una semana.

—Muy gracioso. Bueno, sobre esas tierras… no espero que tomes una decisión ahora mismo, pero tenemos que pensar qué vamos a hacer con ellas.

—Yo no necesito más tierras, Tam. ¿Y tú?

—No, yo tampoco y así se lo dije a Lorenzo, pero él insiste en que mamá quería que fueran nuestras.

—¿Qué te parece si las vendemos? Podríamos donar el dinero a una organización benéfica en su nombre, algo que ayude a otras personas que están pasando por lo que pasó ella.

—Me parece buena idea. Hablaremos más tarde, ¿de acuerdo?

—Muy bien.

Se despidieron y Tamsyn decidió volver caminando al hotel, con una vaga sensación de inquietud. La idea de volver a casa no le hacía feliz. Era como si las tierras de Los Masters y las ruinas de la antigua casa en la colina fueran de otra Tamsyn, de otro momento, de otro mundo. ¿Era aquel su sitio? ¿Tenía sitio en alguna parte?

Desde la habitación podía ver el puerto y a las gaviotas haciendo perezosos círculos en el cielo. Se sentía fuera de lugar… ¿y no era eso lo que había hecho que intentase encontrar a su madre? Solo se había sentido en casa cuando estaba entre los brazos de Finn. Estar con él le había parecido el paraíso.

Le dolía el corazón cuando pensaba en él. Lo echaba de menos, aunque aún no le había perdonado. Sabía que Finn lo había hecho con la mejor intención, no solo hacia Lorenzo sino hacia ella, pero…

Entonces sonó el pitido que anunciaba la entrada de un mensaje y cuando sacó el móvil del bolso se quedó sorprendida al ver que era de Alexis.

Hola, hermana. Espero que sigas en NZ. Tienes que ver esto, pincha en el enlace. Un beso,

Alexis

Tamsyn pulsó el enlace y en la pantalla apareció un programa de televisión.

–Esta noche tenemos con nosotros al filántropo Finn Gallagher para hablarnos de su último proyecto –decía el presentador–. Finn, ¿qué te ha llevado a este proyecto en particular?

Tamsyn tragó saliva al ver a Finn en la pantalla. Llevaba el traje de chaqueta y la corbata que llevaba después de su primer viaje a Wellington, de modo que la entrevista era reciente.

Finn habló con elocuencia sobre la residencia

para familiares de personas con enfermedades mentales y para qué serviría.

Le dolía mirarlo y, sin embargo, al mismo tiempo la hacía sentir… en paz. Esencialmente era un buen hombre, pensó. Alguien muy generoso con las personas a las que quería. Le había dicho que ella era una de ellas, pero después de todo lo que había pasado Tamsyn no podía creerlo.

–¿Y ya tienes un nombre para ese proyecto? –le preguntó el presentador.

–Sí, lo tengo. Voy a ponerle el nombre de una mujer muy especial, una mujer por la que siento gran cariño y admiración. Va a llamarse El Refugio de Tamsyn.

Tamsyn no oyó lo que decía el presentador porque en su cerebro se repetían las palabras de Finn una y otra vez. Intentaba comprender la enormidad de ese gesto…

Después de todo lo que había pasado, había creído que no querría ni recordarla, pero estaba equivocada. Y si estaba equivocada sobre eso, también podría estarlo sobre otras cosas.

Miró los documentos que asomaban por su bolso, la escritura de las tierras que les había dejado su madre, y se dio cuenta entonces de por qué el plano le había resultado extrañamente familiar. Eran las tierras que Finn quería usar como acceso a la finca, las que necesitaba para construir la carretera que llevaría a la residencia. Y en ese momento supo lo que debía hacer.

Más que eso: sabía cuál era su sitio.

Capítulo Ocho

Los persistentes golpes en la puerta despertaron a Finn, que estaba dormido en el sofá, donde había caído la noche anterior después de beberse una botella de whisky.

El terrible dolor de cabeza era el precio que tenía que pagar por ello, pero merecía la pena porque le había hecho olvidar, al menos durante unas horas. Estaba de luto por Ellen y enfermo de pesar por lo que le había hecho a Tamsyn y por haberla perdido para siempre...

Cuando se miró al espejo hizo una mueca de disgusto. Tenía un aspecto horrible: despeinado, con la ropa arrugada, sin afeitar. Tal vez podría asustar a la persona que estaba molestándolo sin tener que decir una sola palabra.

Finn abrió la puerta dispuesto a lanzar un gruñido cuando el mundo giró sobre su eje al ver a Tamsyn al otro lado.

–Tienes un aspecto espantoso –dijo ella, entrando sin esperar invitación–. Tenemos que hablar.

Finn cerró la puerta y la siguió a la cocina, atónito.

Se quedó de pie, sin decir nada, comiéndosela

con los ojos mientras ella preparaba un café. Se alegraba tanto de verla…

Cuando el café estuvo hecho, Tamsyn sirvió dos tazas y le ofreció una. Lo había hecho fuerte, seguramente porque quería que tuviese la cabeza despejada para escuchar lo que iba a decirle.

–Tengo que hacerte una proposición –empezó a decir Tamsyn, sacando unos papeles del bolso.

–¿Una proposición?

No era eso lo que había esperado que dijera.

Pero había cambiado, pensó entonces. Ya no era la mujer dolida y rota que se había ido de allí dos días antes. Algo había ocurrido, ¿pero qué? Fuera lo que fuera, agradecía que estuviese allí.

–Una proposición de negocios. No sé si Lorenzo te ha contado…

–No he hablado con él desde el funeral –la interrumpió Finn.

–Ah, bien. Parece que mi hermano y yo somos los orgullosos propietarios de estas tierras –Tamsyn le entregó una escritura y él la miró, sin entender.

Era la parcela que necesitaba para abrir un acceso a la carretera. Finn la miró, atónito. ¿De dónde había sacado aquella escritura? ¿Y por qué había ido a enseñársela, para restregársela por la cara?

–No entiendo. He hablado con ese bufete de abogados en numerosas ocasiones, pero nunca he podido conseguir que me vendiesen las tierras. ¿Cómo lo has conseguido?

–Ellen nos las dejó a Ethan y a mí en su testamento.

–¿Ellen?

Tamsyn asintió con la cabeza.

–Parece que las compró hace años con el dinero que le enviaba mi padre. Creo que es por eso por lo que el abogado tenía esta dirección. ¿Tal vez Ellen recibía el correo aquí?

–Sí, compartíamos el mismo buzón.

–¿Y tú no sabías nada de esto?

Finn negó con la cabeza.

–Nada en absoluto.

–Ellen estaba decidida a dejarnos algo en su testamento… tal vez pensó que sería una manera de compensarnos –Tamsyn exhaló un suspiro–. Ethan y yo hemos hablado brevemente sobre el asunto y estamos de acuerdo en que es importante honrar su memoria. Y, por eso, queremos regalar las tierras a la residencia.

–¿Estás segura? Tú sabes que conseguir ese acceso es como dar luz verde al proyecto, pero…

–Te las ofrecemos de manera gratuita. Será un donativo en nombre de mi madre.

–¿En serio? –exclamó Finn–. ¿Sin esperar nada a cambio?

–Bueno, me gustaría que cambiases el nombre de la residencia.

–No, lo siento. Ya le he puesto nombre y no pienso cambiarlo.

Tamsyn sonrió.

–Muy bien, de acuerdo. Pero hay otra condición y esta es innegociable.

–¿Cuál es?

–Que me dejes ayudarte a construirla.

–¿Lo dices en serio? ¿Quieres quedarte?

–Contigo, si me quieres.

Sin esperar un segundo más, Finn dio un paso adelante para tomarla entre sus brazos.

–¿Si te quiero? Lo dirás de broma. Pensé que no volvería a verte nunca, que había destruido cualquier oportunidad de tenerte en mi vida.

Tamsyn tomó su cara entre las manos.

–Sé lo difícil que ha sido todo esto para ti, que te debatías entre tu lealtad hacia Lorenzo y Ellen y mi deseo de conocer a mi madre. Llevaba tanto tiempo concentrada en eso que no pensaba en otra cosa y pensé que no podías quererme porque no me dabas lo que quería. Pero no me paré a pensar por lo que estabas pasando tú. Finn, tú has perdido no solo a tu madre sino a tu segunda madre y yo olvidé eso porque quería conocer a la mía. No podía ver todas las maneras en las que me decías que me querías porque estaba concentrada en lo único que no podías darme y lo siento mucho.

–No –protestó él–. Lo que hizo Lorenzo estuvo mal. Y soy yo quien lo siente, Tamsyn, nunca sabrás cuánto.

–Calla –murmuró ella, poniendo un dedo en sus labios–. Tenemos que olvidar, dejar todo eso atrás y honrar a las mujeres que nos trajeron aquí, a este sitio, el uno en los brazos del otro.

–¿Podrás perdonarme?

–Ya lo he hecho, Finn. Me gustaría que las cosas hubieran sido de otra forma, pero no se puede cambiar el pasado. Lo único que podemos hacer es seguir adelante.

Tamsyn levantó los labios en un gesto de invitación, una que Finn aceptó de inmediato.

Cuando se apartaron, él sacudió la cabeza.

—No puedo creer que me haya equivocado tanto contigo desde el principio. He sido un completo idiota.

—¿Qué quieres decir?

—Te he seguido la pista desde que tenía quince años. Buscaba información sobre ti y tu hermano, cómo vivíais, lo que hacíais... solía enfadarme ver que teníais tanto, que vuestra vida era tan fácil cuando Ellen tenía tan poco. Todos parecíais felices sin ella, por eso te traté así cuando llegaste.

—Te mostraste frío, es verdad, pero te has descongelado perfectamente —bromeó Tamsyn.

—Gracias a ti. Tú has hecho que viera a la auténtica Tamsyn, a la mujer preciosa por fuera y por dentro. Por eso, la residencia llevará tu nombre.

—Lo sé. Alexis me envió un enlace con ese programa de televisión en el que diste una entrevista...

—¿Y te parece bien?

—Bueno, yo habría preferido que se llamase El refugio de Ellen Fabrini, pero tal vez ese será el nombre de nuestro segundo proyecto.

—Eso suena muy bien. Quiero que hagamos planes de futuro, Tamsyn. Los dos juntos, sin secretos, sin mentiras.

—Yo también —susurró ella.

–¿Entonces te casarás conmigo? ¿Formaremos una familia y nos haremos viejos juntos?

–¡Sí, claro que sí! –exclamó Tamsyn, echándole los brazos al cuello.

Mucho después de sellar su unión con promesas y besos, uno en los brazos del otro, Tamsyn pensó que por fin sentía que había encontrado su sitio. Al día siguiente era Navidad y, aunque echaría de menos a su familia, sabía que era allí donde quería estar. Con aquel hombre, durante el resto de su vida.

Pensar eso le recordó el regalo que Finn le había dado después del funeral. Aún no lo había abierto, incluso se había olvidado del paquete.

–¿Qué había en el paquete que me diste el otro día?

–¿No lo has abierto?

–No, aún no.

–¿Lo has traído?

–Está en la maleta, en el coche.

Tamsyn saltó de la cama y se puso un albornoz a toda prisa. Un minuto después, volvía a la habitación con el paquete envuelto en papel de regalo.

–Ábrelo –dijo él.

Sentada en la cama, con Finn a su lado, Tamsyn rasgó el papel… y los ojos se le llenaron de lágrimas al ver un retrato su madre.

–Es precioso. Ella era preciosa.

–Por dentro y por fuera, como tú –dijo él, besando su hombro–. Es un autorretrato, tu madre pintaba muy bien.

—Pero este cuadro debe ser muy especial para ti. ¿Por qué me lo has regalado?

—Porque mereces tener algo suyo, algo que puedas conservar para siempre y de lo que ella se sentiría orgullosa.

Tamsyn colocó cuidadosamente el cuadro sobre la mesilla y se volvió hacia él. Todas sus dudas habían desaparecido. Había hecho bien al volver a casa, con Finn. Se sentía feliz al saber que, por primera vez en su vida, estaba donde debía estar.

En sus brazos, en su vida y, sobre todo, en su corazón.

Para siempre.

¿SINCERA O CAZAFORTUNAS?

KATE HARDY

La empresaria y jefe de mecánicos Daisy Bell necesitaba liquidez, y rápido, para mantener a flote el negocio familiar. Pero al conocer al misterioso inversor supo que se hallaba ante un dilema: podía salvar la empresa a cambio de poner en peligro su corazón.

Felix Gisbourne pensaba que Daisy era la mujer más atractiva que había visto jamás, con o sin su mono de trabajo. ¡Y lo fácil que era mezclar los negocios con el placer! Pero no estaba seguro… ¿Daisy lo quería en la cama o iba tras su dinero?

Buena chica de día...
Chico malo de noche

¡YA EN TU PUNTO DE VENTA!

Cuanto más cerca estaba de él... más grietas aparecían en la armadura tras la que se escondía

El playboy más deseado de Italia, Gianluca Benedetti, no reconocía a Ava Lord, aquella preciosa dama de honor que le había robado el aliento siete años antes, pero le bastó con mirar esas curvas una vez para identificar a la joven que había estado en su cama tanto tiempo atrás.

Un beso furtivo desató el frenesí de los medios y Gianluca no tuvo más remedio que llevársela a la costa de Amalfi para ahogar el escándalo. Asimilar esa pasión reencontrada era difícil y Ava se dio cuenta del peligro que corría si abría su corazón...

Placer peligroso

Lucy Ellis

LA AMANTE EQUIVOCADA

TESSA RADLEY

Joshua Saxon, un millonario arrogante que dirigía una de las mejores bodegas de Nueva Zelanda, creía que Alyssa Blake había sido la amante de su difunto hermano. Sin embargo, la verdadera relación que Alyssa tenía con la familia Saxon era mucho más impactante.

Nada más conocerse, Alyssa y Joshua sintieron una fuerte atracción mutua que ninguno pudo negar, pero ¿qué podía albergar el futuro para un hombre y una mujer entre los que había tantos secretos y mentiras?

¡Él descubriría todos sus secretos!

[7]

¡YA EN TU PUNTO DE VENTA!